Au nom de la mère
et
du fils

Du même auteur

L'imparfait du subjectif, Elytis, 2001
Le trafiquant de souvenirs, Terre des Graves, 2002

Jean-Paul Choisy

Au nom de la mère et du fils

ELYTIS

31, avenue de Toquetoucau 33610 Cestas
www.elytis-edition.com

ISBN 2-914659-33-4

Sur nos miroirs ternis des fantômes se penchent,
et nous prenons pour notre propre image
le reflet fugitif de leur présence…

À Jean-Claude et Ghyslaine.

J'entreprends aujourd'hui une tâche difficile mais quelque chose venu du fond de ma conscience me pousse à le faire. Je n'aimerais pas que la mémoire de ma mère se perdît à jamais dans l'oubli du temps qui gomme les épitaphes des gens sans importance. Comme cette femme n'est en droit d'attendre aucune autre forme d'immortalité que celle de mon souvenir, je ressens le besoin pressant d'écrire un livre dans lequel je voudrais tenter de lui rendre un peu de la vie qu'elle m'a un jour donnée. Je voudrais le faire au travers de ce que je sais d'elle, c'est-à-dire pas grand chose, de ce que je crois savoir, sans réelle certitude, mais surtout au travers de ce que j'ai ressenti de cette femme comme d'un autre moi-même au point qu'il n'est pas possible que ces impressions ne traduisent pas une part de vérité de ce qu'elle a été.

Si j'essaye de raconter l'histoire de ma mère, je ne voudrais pas que l'on y cherchât autre chose qu'un hommage à sa mémoire. Elle ne m'a dévoilé qu'une partie d'elle-même, j'ai imaginé l'autre, et je suis sûr de m'être peu trompé, tant il m'était aisé de lire dans ses pensées, même dans les plus secrètes, ayant toujours senti sans jamais le dire que nous avions les mêmes.

Odette ayant passé sa vie à arracher les pages de son histoire, je vais essayer de sauver de l'oubli ce qui peut être sauvé. Parmi ces souvenirs, certains procèdent de vérités historiques et d'autres de l'imaginaire du cœur. Quoiqu'il en soit, je reste persuadé que l'essentiel de cette femme ne m'a pas échappé.

Et puis, peut-être qu'un jour, découvert par hasard au fond d'un vieux grenier ou d'une bibliothèque par l'un de ses petits-enfants, ce livre lui renverra l'image de celui qu'il a conscience d'être ou d'être devenu au nom de la mère, du fils et d'une hérédité parfois invisible au regard des autres mais dont on se sent porteur au plus profond de soi. Une hérédité à laquelle il n'est jamais possible d'échapper.

Quant à l'auteur de ce livre, il ne cherche plus à savoir qui il est, il le sait. Il lui suffit de tendre son propre miroir à ce que lui apportent les années pour y voir apparaître le visage de cette femme.

CE jeudi du mois d'août mil neuf cent quatre-vingt-dix-sept, à l'hôpital des Broussailles, à Cannes, sur cet autre rivage de la Méditerranée aux antipodes de celui où il commença de battre, ce cœur que personne n'écoutait plus s'est arrêté pour toujours. Depuis quelque temps déjà, je me trouvais mille et une bonnes raisons de ne rien faire pour chercher à l'entendre… pourtant aujourd'hui, je ressens le besoin de lui redonner vie.

Bien sûr, la vieille dame avait tout fait pour qu'on s'éloignât d'elle, pour ne plus être aimable à tous les sens du terme. Au-delà de l'agressivité de tous les instants qu'elle déversait sans cesse sur le brave homme qui continuait de partager sa vie, tout lui était devenu indifférent ou hostile. La sentant de plus en plus désagréable, chacun avait eu tendance à prendre ses distances. Cette capitulation devant la vie s'exprimait souvent chez elle dans la fixité du regard. D'aucuns croyaient y voir de l'égoïsme, du mépris, parfois de la méchanceté… En vérité, ce regard sans expression, ce regard lointain, ce regard illisible était tourné vers un for intérieur où désormais plus personne ne pouvait pénétrer. Depuis que ma mère n'est plus, ce regard m'obsède, surtout depuis qu'il s'est désespérément accroché au mien. C'était quelques jours avant qu'il ne s'éteignît. C'était à l'hôpital des Broussailles, à Cannes.

C'est un peu par sa faute que la vieille dame avait échoué dans cette chambre déshumanisée où chacun perd son identité pour n'être plus qu'un numéro de lit. En vérité elle n'était pas malade, enfin… pas vraiment. En tout cas, elle ne l'était pas au sens où s'accordent à l'entendre les médecins. Non, Odette était atteinte d'un mal contre lequel on ne peut pas grand chose à partir du moment où celui qui en souffre se sait privé d'horizon, à partir du moment où sa vie n'est plus qu'une réalité désespérée. La vieille dame n'était pas malade et n'avait aucune excuse à ne pas vouloir vivre. Alors, pour ne pas mourir, elle devait continuer de boire et de manger, ce qu'elle s'entêtait à refuser de faire depuis déjà longtemps. Cette attitude contrariait les disciples d'Esculape qui ne souffrent pas que l'on veuille quitter ce monde en bonne santé au seul prétexte qu'il ne nous passionne plus.

Depuis longtemps déjà, Odette avait pris l'habitude de ne plus faire honneur à la divine cuisine dont elle avait le secret. C'est pourtant avec un inaltérable enthousiasme qu'elle continuait de préparer, pour le bonheur de tous, des mets inimitables aux saveurs et aux senteurs ensoleillées de notre terre natale, des mets dont aucun ne s'étonnait jamais qu'elle n'y touchât plus que du bout des lèvres.

À table, elle prenait rarement place au milieu des siens. Elle passait le temps du repas à servir son petit monde, à prévenir les désirs des uns et des autres, à tenir compte des préférences de chacun, et surtout à veiller à ce que personne ne manquât de rien. N'est-il pas dans la nature de la mère "pied-noir" que de se contenter du seul plaisir qu'elle donne à ses petits au détriment du sien et de celui d'un mari relégué au second plan "lorsque l'enfant paraît" ?

Inoubliable rituel du croupion de poulet, invariablement échoué dans son assiette au seul motif qu'elle en était friande. L'origine de cette coutume familiale datait de longtemps. Elle remontait à l'époque de la guerre. Durant cette longue et difficile période de vaches maigres, Odette avait décidé de préférer ce morceau afin de laisser les plus nobles à ses enfants sans troubler leur conscience. Et puis, le temps avait passé et elle s'était entêtée dans cette préférence par pure fidélité à son instinct de mère. Cette habitude, comme d'autres, avait perduré et personne ne s'en étonnait plus. Chacun trouvait normal qu'à table, comme dans la vie, cette femme se contentât du bonheur qu'elle donnait sans compter à sa progéniture.

Chaque année à Noël, les enfants et les petits-enfants d'Odette, séparés par les hasards de la vie, faisaient le voyage de Cannes. Ils le faisaient afin de célébrer ensemble le culte de la famille. Ils le faisaient surtout pour revoir celle qui en était demeurée l'âme, celle avec laquelle ils ne se lassaient pas de revivre – sans retenue aucune – les meilleurs moments de leur petite enfance retrouvée pour la circonstance.

Il était agréable à tous d'être réunis autour de cette femme que les plus jeunes appelaient d'un nom charmant né de leurs premiers balbutiements : *Manou.* L'ambiance était à la fête et chacun était heureux d'entourer celle par laquelle la joie naissait et se transmettait comme par osmose. Peut-être tout simplement étions-nous heureux de nous sentir aimés et surtout de nous l'entendre dire.

Lorsqu'il s'agissait des fruits de ses entrailles, Odette n'était jamais à court de superlatifs. Elle parlait de ses enfants avec orgueil et disait les aimer plus que tout au monde. Il lui arrivait même d'imaginer quelques scénarios catastrophes où elle n'hésitait pas à se sacrifier pour sauver la vie de l'un ou le bonheur de l'autre. Bref, au-delà de cette exubérance latine, bien pardonnable chez les gens du midi, chacun pouvait ressentir dans ses propos un fond de vraie sincérité venue tout droit du cœur.

Le soir du réveillon était un grand moment. Si l'un d'entre nous n'avait pas pu venir, il était impensable que l'on ne fît pas comme s'il avait été là. Son couvert était dressé et servi à chaque passage des plats. Il incombait aux autres de se partager ce que, bien sûr, l'absent n'avait pas pu manger. D'ailleurs, on ne tardait jamais à lui téléphoner même à l'autre bout du monde. Cela aussi faisait partie du jeu.

Un jour, elle cessa de rire. Elle n'eut plus envie d'être une grand-mère gâteau. Elle sentit que ce rôle n'avait d'écho que l'ingratitude de ceux qui ont la vie devant eux. Elle cessa aussi d'initier ces grands moments festifs, de réunir ses enfants et petits-enfants chez elle dans le seul but de les gâter. D'ailleurs, les enfants étaient partis vivre leur vie et les petits-enfants avaient trop vite grandi. Odette avait surtout vieilli. Une carapace d'insensibilité s'était formée autour de celle qui avait mis tant de passion à vivre. Elle était devenue silencieuse. Un silence qui nous avait rendus sourds. Un silence qui nous avait fait fuir. Elle s'était alors retrouvée seule avec son compagnon dans un face-à-face hivernal où les travers de l'un dépassent les limites du supportable par l'autre.

Cette femme qui refusait obstinément d'être vieille avait senti l'âge fondre sur elle le jour où elle avait été victime d'un imprévisible accident vasculaire dont elle s'était remise heureusement sans séquelles. Pour les médecins, tout était rentré dans l'ordre. Pour elle, tout avait changé. Celle que tout le monde donnait gagnante dans la course à la longévité n'avait pas accepté d'être, avant son mari, la première à montrer des signes d'essoufflement, à se révéler plus vulnérable que lui. Elle avait alors éprouvé un obscur sentiment d'injustice qu'elle exprimait dans sa quotidienneté sous forme de révoltes et de refus. Ce qu'elle ressentait lui était d'autant plus pénible à vivre qu'elle avait occupé au sein de sa famille une place prépondérante. Il en avait été de même dans son ménage où elle avait détenu l'essentiel du pouvoir et surtout du prestige. Elle ne souffrait pas l'idée de devoir, un jour, se soumettre à l'autorité de ceux qu'elle avait maternés et André n'en était pas exclu. Chaque jour, elle déambulait dans les rues de Cannes en ruminant l'inacceptable.

Au fil de ses dernières années, son obstination à refuser de se nourrir l'avait terriblement affaiblie. Elle était même tombée plusieurs fois dans sa salle de bains mais n'acceptait pas d'en parler. Devant la dégradation de son état de santé et la réalité d'un pronostic vital devenu alarmant, il avait bien fallu se résigner à la faire hospitaliser.

Durant les deux ou trois semaines qui avaient précédé l'événement, l'intransigeance grandissante de la vieille dame en rébellion ouverte contre son mari avait précipité le cours de sa vie.

C'est l'intrusion d'une jeune femme, mandatée par sa fille, dans l'intimité du vieux couple qui avait fait sortir Odette de ses gonds.

Elle en voulait à André d'avoir lâchement accepté cette atteinte à leur vie privée à seule fin, disait-elle, de satisfaire son ventre. En effet, la prénommée Lydia devait s'occuper des courses et des repas, ce qu'Odette ne faisait plus depuis déjà longtemps. L'orgueil de notre mère était resté intact. Elle ne supportait pas d'avoir besoin des autres, encore moins d'en dépendre. Alors, elle avait choisi de ne plus parler à son mari. Elle avait décidé de s'emmurer dans un silence haineux, un silence lourd de rancœurs et de rancunes, un silence parfois entrecoupé d'une formule au vitriol, préférable à ses yeux à toute compromission.

Chaque matin, pour marquer son désaccord, elle quittait le domicile conjugal peu de temps avant l'arrivée de l'intruse. Sur le coup de midi elle se rendait dans un petit restaurant, toujours le même, où nous apprîmes plus tard qu'elle se faisait servir un repas auquel elle ne touchait jamais. Ensuite, et seulement après le départ de l'indésirable, elle rentrait chez elle où elle retrouvait André faisant la vaisselle du déjeuner que "l'autre" lui avait préparé. Elle le regardait comme on regarde celui qui vient de vous trahir et qui s'apprête, sans l'ombre d'un remords, à aller faire sa sieste.

Ce rituel d'affrontement n'avait pas duré bien longtemps. La vieille dame était devenue trop faible pour avoir envie de se battre. Ses dernières forces avaient fini par l'abandonner. Ses malaises s'étaient multipliés au point de ne plus pouvoir être cachés ou tus. Il lui était même arrivé de tomber dans la rue. Alors, la décision de la faire admettre à l'hôpital s'était imposée à son entourage.

Elle était au plus mal lorsque, dans l'urgence, ma femme et moi décidâmes de nous rendre à son chevet. Au téléphone, mon frère avait été on ne peut plus clair : "si tu n'y vas pas rapidement, tu prends le risque de ne pas la revoir". Sans attendre, nous fîmes le voyage que depuis trop longtemps je remettais à une autre fois, le voyage qu'aujourd'hui je regrette de n'avoir pas fait plus tôt et surtout plus souvent.

Le lendemain, à Cannes, sur la Côte d'Azur, à deux pas du palais des festivals et de son tapis rouge, dans cette ville du "paraître" où bien plus qu'ailleurs tout peut s'acheter, aussi bien le privilège de vivre dans le luxe que celui de vieillir dans la dignité, l'insoutenable vision qui s'imposa à nous en poussant la porte de cette chambre d'hôpital nous prouva qu'ici, comme ailleurs, le droit d'en finir avec sa propre vie n'était pas reconnu au commun des mortels.

Confinées dans une espèce de dortoir, quatre petites vieilles qui furent jadis des femmes se partageaient le même espace de désespérance.

Lorsque ma mère nous apparut attachée sur son lit afin qu'elle ne puisse pas s'arracher le goutte-à-goutte d'une vie dont elle ne voulait plus, le cœur me sauta à la gorge. Je n'en crus pas mes yeux.

Il est des images à caractère symbolique qui fixent à jamais l'essentiel de nos souvenirs, et pas toujours des plus beaux. Celle-ci s'inscrivit d'un coup dans ma mémoire avec une précision du détail que rien ne pourra altérer, brouiller ou rendre incertaine.

Je m'approchai du lit et posai ma main sur son bras meurtri. Elle me regarda dans les yeux. Je lus dans ce regard un appel au secours. Le silence était pesant et bien qu'il fût court, il me parut infini. C'est alors qu'elle soupira quatre mots en forme de supplique, quatre mots qui toujours résonnent dans ma tête: "détache-moi mon fils". Aujourd'hui, en les écrivant, mon cœur s'emballe encore. Je fus envahi par un sentiment d'hostilité à l'égard de ceux qui l'avaient ligotée, à l'égard de ceux qui faisaient "ici" du respect de la vie un usage perverti, les mêmes qui ne voient dans la vieillesse qu'un fait biologique et traitent les vieillards en organismes usés qu'il convient de faire durer le plus longtemps possible.

J'avais d'autant plus de mal à contrôler mon indignation que ma mère était consciente de ce qui lui arrivait. Si j'en avais douté avant de pousser la porte de sa chambre, quatre mots avaient suffi à me fournir la déchirante preuve de sa lucidité.

Je me sentis alors soulevé par une animosité folle contre ceux qui "martyrisaient" ainsi celle qui m'avait mis au monde. L'indifférence avec laquelle l'infirmière m'expliqua qu'il n'était pas possible de faire autrement redoubla mon exaspération. Je crus que je n'allais pas pouvoir longtemps la contenir lorsque la femme en blanc disparut dans le couloir.

Je ne pouvais pas rester une seconde de plus le témoin consentant, voire le complice de cette humiliation. Je détachai ma mère et profitai de ce qu'elle fermait les yeux pour aller voir, avec mon épouse, le médecin responsable. Celui-ci accepta presque immédiatement de nous recevoir. Je lui dis toute mon émotion en tâchant de rester le plus calme possible. J'eus du mal à y parvenir mais mon sang-froid ne m'abandonna pas lorsque je m'insurgeai contre les méthodes, pour le moins singulières, pratiquées sous couvert d'une éthique contestable dans les murs de cet hôpital. Il ne sembla pas surpris par ma façon de réagir. Mieux encore, il m'avoua la comprendre. Peut-être eut-il conscience en me disant cela qu'au-delà de l'anonymat d'un "cas clinique" parmi tant d'autres, la vieille dame en question était aussi ma mère. Il n'est pas impossible que cela le conduisît à penser à la sienne et à mettre un peu d'humanité dans son comportement.

Nous décidâmes de ne pas laisser plus longtemps *Manou* à l'hôpital des Broussailles. Le médecin ne s'opposa pas à sa sortie immédiate, d'autant que d'après lui il suffirait à la vieille dame de mettre un point final à sa grève de la faim pour que tout s'arrangeât. Ici, on ne pouvait rien faire d'autre que de l'empêcher – par force – de mourir.

Je retournai près d'elle pendant que Martine, ma femme, se mettait en quête d'un annuaire téléphonique. Assis près de son lit, je la regardai. Dieu qu'elle avait changé ! Dieu qu'elle paraissait vieille et proche de sa fin ! Pourtant, je me refusai à ne voir de cette femme qu'un corps délabré. Je me refusai à n'avoir de sa déchéance qu'une approche biologique. Je la regardais et tout prenait dans mon esprit l'allure du souvenir. Je me sentais moi-même comme déjà passé. Je posai mon regard sur la main décharnée que je venais de délivrer quand ressurgirent du fond de ma mémoire des images du temps de ma petite enfance. Celles de cette main que je ne voulais à aucun prix lâcher le jour de la rentrée, la même qui cousait pour moi des nuits entières afin de me parer des plus beaux habits, cette main et son "petit doigt" dont je crus longtemps qu'il avait le pouvoir magique de dire à ma maman tout ce que je tentais de lui cacher. Il n'y a rien de tel que l'imminence de la mort pour nous rendre ce que nous étions en train d'oublier. C'est dans ce moment que l'on voit apparaître ce qu'on est sur le point de ne plus jamais revoir.

Elle restait silencieuse, immobile, têtue, verrouillée dans son mutisme, un peu comme ces vieillards qui se réfugient dans l'éloquence du silence pour montrer leur révolte contre la radicale dépossession des parcelles de pouvoir qu'ils pensaient encore détenir.

Je lui pris la main et me mis à lui parler. Je me mis à lui expliquer comme à un enfant que nous allions, Martine et moi, la sortir de cet hôpital, que nous allions la conduire dans un endroit où elle serait bien traitée, où les gens seraient gentils et s'occuperaient bien d'elle ; un endroit où personne ne l'attacherait. Par mes paroles, je tentai de lui redonner goût à la vie, à sa vie. Je tentai d'éclipser ses idées fixes et de la convaincre de renoncer à se laisser mourir. Mon cœur ayant toujours dominé mon raisonnement et n'ayant jamais pu prendre la véritable mesure des réalités, je ne doutai pas dans l'instant de mon pouvoir d'y parvenir.

On nous avait prévenus qu'il ne nous serait pas facile, pour ne pas dire impossible, de trouver de la place dans une maison de repos médicalisée digne de ce nom. Il nous fallait pourtant y parvenir avant de reprendre, le lendemain soir, notre train pour Bordeaux. Il était maintenant devenu impensable de quitter Cannes en ne faisant rien pour l'extraire de cette chambre où planait une odeur de fin de vie et d'humiliation.

Nous passâmes une partie de l'après-midi à tenter de la faire admettre dans une structure humainement accueillante, un endroit où elle serait rétablie dans son identité, où elle redeviendrait une vieille dame respectable. Nous souhaitions que le calme et la gentillesse fussent pour elle source de résurrection.

Bien qu'informés des difficultés que nous rencontrerions pour qu'aboutisse immédiatement une telle démarche, nous entreprîmes d'appeler toutes les résidences-services de bonne réputation. Au téléphone, toujours la même réponse, toujours le même "désolé" parfois suivi d'un "en plein été ! mais vous n'y pensez pas..." Il est vrai qu'au soleil de la Côte d'Azur, les vieilles personnes s'attardent souvent jusqu'aux portes de l'hiver pour quitter ce monde avec moins de regrets. Enfin ! après avoir contacté sans succès la presque totalité des établissements possibles et expliqué l'urgence de la situation, une voix au bout du fil nous déclara d'emblée que nous avions de la chance. Nous en fûmes surpris mais ô combien soulagés. La résidence Tiers-Temps sur les hauteurs de Cannes acceptait de recevoir la vieille dame le jour même, à condition bien sûr qu'elle ne soit pas vraiment malade. Les médecins de l'hôpital étaient prêts à en attester. À partir de là, les choses allèrent très vite. Une ambulance vint nous chercher et nous conduisit avec *Manou* vers l'espoir d'un miracle.

Affichant un large sourire de bienvenue, une femme à l'allure distinguée nous attendait à l'entrée de la résidence. Elle se présenta comme étant la directrice de l'établissement et nous aida à faire descendre *Manou* de voiture. Elle se montra d'une amabilité rare à l'égard de la vieille dame à laquelle elle s'adressa en premier avec beaucoup de gentillesse et de douceur dans la voix. Elle lui expliqua comme on le fait à qui vient d'être choqué qu'il n'était pas dans la tradition de sa maison d'attacher les gens pour les forcer à manger ou à boire. Elle la rassura du mieux qu'elle put et lui promit qu'après l'avoir confortablement installée dans la chambre qui lui était destinée, le personnel, déjà informé des maltraitances qu'elle avait subies, ferait tout pour l'aider à reprendre des forces dans le respect et la dignité : "vous allez voir, vous allez être bien, ici les gens sont heureux, et puis vous avez des enfants tellement gentils !"

Après quoi, se tournant vers nous, elle nous félicita de nous occuper ainsi de notre vieille maman en ne manquant pas de souligner que de nos jours, malheureusement, cette tradition avait parfois tendance à s'essouffler. *Manou* refusa la chaise roulante dans laquelle on voulait l'installer et préféra marcher soutenue par ses enfants.

– Nous allons montrer sa chambre à votre mère et nous réglerons ensuite dans mon bureau les questions administratives.

Bien sûr, le bien-être de la vieille dame avait un coût et la directrice nous faisait savoir qu'il allait falloir très vite aborder le préalable financier.

La très jolie salle dans laquelle nous entrâmes tous les quatre témoignait aux nouveaux venus de la bonne tenue de l'établissement. Certes, ce n'était pas un palace mais le cadre était engageant et l'atmosphère nous parut chaleureuse. Décorée de tableaux d'un goût assez heureux, ornée de plantes vertes multiples et variées, la pièce était agencée en petits coins-salon aux fauteuils confortables dans lesquels des seniors, comme on dit maintenant, bavardaient entre eux en attendant l'heure de passer à table : un moment capital dans le quotidien d'un pensionnaire de maison de retraite. D'autres, plus solitaires, se penchaient sur des lectures ou s'affairaient sur des grilles de mots croisés. À l'extérieur, derrière une immense baie vitrée, on pouvait apercevoir, assises sur les bancs du jardin, profitant des derniers rayons du soleil, quelques personnes âgées seules ou en compagnie de moins vieilles venues les visiter. Tous semblaient ne pas se lasser d'évoquer ensemble l'incomparable qualité du climat de la Côte d'Azur et de parler du temps : du temps qu'il a fait, du temps qu'il fera, du temps des uns et du temps des autres, et aussi du temps qui n'est plus que la réalité de l'instant pour qui demeure dans la seule perspective d'une visite patiemment attendue, d'un repas amélioré ou de la floraison des roses du jardin.

Le soir tombait doucement sur ce monde d'hier, engourdi d'avoir vécu si longtemps.

Après qu'elle fut installée et que nous eûmes promis d'apporter le poste de télévision qui lui permettrait de recommencer à suivre ses feuilletons favoris, nous fûmes encouragés par une dame du service à nous rendre dans le parc avec *Manou* afin de permettre à la vieille dame de renouer avec l'air, la lumière et peut-être avec le goût de vivre plus longtemps.

– Vous allez vous asseoir à l'ombre avec vos enfants et nous allons vous servir un rafraîchissement. Vous serez bien, il fait un temps magnifique aujourd'hui.

Manou ne dit rien mais, de la tête, fit signe qu'elle acceptait. Nous entreprîmes alors de la soutenir pour nous rendre ensemble au jardin, ravis Martine et moi de souscrire à cette heureuse idée.

Son verre de grenadine à la main, elle était là, assise en face de moi et je la regardais. Elle fit mine de tremper les lèvres dans cette boisson surannée, indissociable du temps de l'enfance, de cette enfance qui finit toujours par nous rattraper lorsque l'on s'attarde ici-bas. Je la regardai et je compris très vite qu'elle ne boirait pas.

J'avais le sentiment de partager le désespoir d'une femme pour laquelle la vie était devenue un fardeau trop lourd à porter. Cette femme était la même qui soixante ans plus tôt donnait la vie à un petit garçon qui devint très vite, après la mort brutale et injuste de son père, un véritable enfant roi, objet d'idolâtrie d'une jeune maman reportant sur ce petit être le trop plein d'une passion que le temps ne lui avait pas permis de vivre jusqu'au bout pour l'homme qu'elle aimait. Cet amour, elle l'avait alors sublimé avec cette part d'imaginaire qui embellit les âmes de ceux qui, disparus trop tôt, se mettent pour toujours à l'abri de l'outrage du temps et de l'usure des sentiments dans les cœurs des êtres dont ils furent un jour aimés passionnément.

Comme pour ne pas le démythifier, comme pour ne pas l'abîmer en tentant de le raconter à ceux qui ne pourraient pas en prendre la mesure, même à son propre fils, elle décida de ne jamais parler de cet amour et de l'homme qu'elle avait éperdument aimé.

Je la regardais et j'essayais de lire dans ses pensées. J'avais le sentiment d'y parvenir tant je sentais dans l'intensité de cet instant notre ressemblance, notre similitude, notre identité, plus encore la profonde et indélébile empreinte génitale de la mère.

Il n'est pas facile de gérer la déchéance de celle dont on vient sans que cela vous renvoie à votre propre fin.

Je la regardais et je me projetais dans le temps. Cette opération mentale me faisait ressentir ma véritable nature, la même qui avait conduit cette femme à se croire désespérément seule et incomprise de tous, la même qui lui avait dicté la décision de renoncer à ce qu'elle avait voulu, cru ou aimé avec tellement de passion et tant de joie de vivre, la même qui depuis peu l'avait poussée à s'emmurer dans un silence sans appel comme d'autres le font dans un couvent afin de fuir un monde qu'ils ne veulent plus voir ni même apercevoir.

Qui peut mieux comprendre un malade que celui qui se sait atteint de la même affection ? Pendant un temps, on essaye de lutter pour qu'elle n'évolue pas trop vite, on compare les symptômes et l'on se rassure en se disant qu'on ne les a pas tous. On fuit sans cesse l'image de ce que l'on est en train de devenir, on se refuse d'envisager l'inexorable et pourtant… On peut se prévaloir d'atavismes dont on a hérité, on peut s'en arranger ou même parfois s'en plaindre, mais l'on ne peut jamais s'en délivrer vraiment. Un jour ou l'autre, ils vous rattrapent. Ce jour-là, nous prenons conscience d'être condamnés, sans appel, à vivre jusqu'au bout une destinée à laquelle nous tentions d'échapper.

Pour moi, ce jour est arrivé au mois d'août mil neuf cent quatre-vingt-dix-sept. Il restera celui où, assis face à ma mère dans le parc d'une maison de retraite, je sentis que j'étais désormais l'héritier d'un destin dont je ne voulais pas.

Il se peut qu'en écrivant cela je n'aie d'autres aspirations que celle d'exprimer mon propre tourment, mes propres angoisses, mon propre désespoir, un peu comme si je ne pouvais trouver ma vérité ailleurs que dans la sienne.

Il se peut aussi que je donne à ce face-à-face, dont je ne savais pas qu'il serait le dernier, une image un peu théâtrale comme pour mieux entraîner le lecteur dans l'intensité émotionnelle de cet ultime instant, sorte de dernière communion de la mère et du fils, instant pendant lequel j'eus la certitude de tout comprendre de ce qui se passait dans la tête de cette femme.

J'eus aussi l'impression d'être enfermé avec elle dans une pensée unique, l'impression d'avoir son âge, son expérience et ses regrets ; alors se fit angoissant le sentiment d'une accélération de ma vie, le sentiment du début de ma fin. Je compris que le jour approchait où, comme elle, je ne saurai plus résister à la tentation du mutisme. Je compris que, comme elle, je finirai par céder à cette voix intérieure que je tente encore d'étouffer avec ce qu'il me reste d'inconscience d'une jeunesse vieille qui refuse la désespérance de ceux qui ne croient pas dans les idées qui aident à mourir heureux.

Je vis venir à grands pas le temps de la résignation, le temps où l'on cherche sans la trouver la manière la plus humaine d'exister, le temps où l'on n'a même plus la force de se révolter contre le pire après que le meilleur nous fut donné et retiré par le temps que d'autres nomment : "le Bon Dieu".

Je lus dans les yeux de ma mère, de cet autre moi-même, combien il est préférable pour nous de disparaître plutôt que d'être contraints à mendier notre vie auprès de ceux qui nous doivent la leur, tant il nous est pénible de vivre par politesse. Je la regardais et je cherchais en vain à la sortir de son mutisme, à l'intéresser à mes propos. Je l'engageai à renoncer à sa grève de la faim, à la grève de sa fin.

Elle avait beau rassembler ses forces pour simuler le bonheur, pour nous remercier d'avoir sauvegardé un lambeau de sa dignité, tout son être conspirait à nous crier qu'il n'irait pas plus loin.

Pourtant je lui demandai de promettre qu'après notre départ elle s'alimenterait de nouveau, qu'elle tenterait de reprendre goût à la vie. Chaque mot était articulé avec soin, comme pour qui ne le répétera pas deux fois. Rien n'y fit jusqu'au moment où elle se mit à parler, comme si elle concédait à nous entrouvrir une lucarne sur sa lucidité obstinément murée.

"Regarde-les, mon fils, vois comme ils ont l'air triste et malheureux" dit-elle très distinctement en me montrant de la tête les autres pensionnaires. "C'est terrible d'être vieux comme ça. J'ai heureusement la chance de vous avoir tous les deux". Et puis, la voix faiblit et tout s'acheva dans un soupir au-delà duquel il n'y eut plus rien qu'un brutal retour dans la fixité d'un regard sans âme, regard dans lequel je ne pus refuser de voir que le temps m'était désormais compté à parler d'elle au présent. J'observai alors les trois ou quatre vieilles qu'elle m'avait désignées. Je savais déjà, qu'après notre départ, elle ne ferait rien pour se rapprocher d'elles. Ainsi certaines certitudes tenaces devancent l'illusion et interdisent de se laisser aller à rêver.

Pour la mère et le fils, le temps s'arrêtait dans la réalité de l'instant. Jamais je ne m'étais senti lié à cet autre moi-même par un fil plus mince, comme si, à chaque seconde, ce fil pouvait se rompre. C'est une chose extraordinaire que de se survivre et j'eus conscience que j'allais devoir le faire, que désormais rien ne serait jamais plus comme avant. Je vis dans les yeux de cette femme qu'elle était déjà dans la mort et toute une vie passa dans cet échange de regards. Les images que j'avais gardées de nous deux et même les impressions anciennes confusément ressuscitées à travers l'instant enrichissaient l'intensité de notre présent et la désespérance de notre avenir. Je me sentis glisser vers la solitude, le détachement des choses et des êtres. Tout ce qui me restait de force se rassemblait dans l'événement que j'étais en train de vivre, dans l'accélération du temps, dans la frayeur de l'inexorable.

Le silence s'installa de nouveau et l'isolement de ma mère devint total, absolu et irréversible.

Nous restâmes longtemps à nous regarder et je crois que chacun de nous pensait à l'autre et détaillait les années passées seuls ensemble à ne voir que le couple heureux que nous formions jadis. Je crois aussi qu'elle se rendait compte qu'elle perdait sa place dans la vie alors que je me sentais perdre pied dans la mienne. J'essayais d'imprimer dans ma mémoire les minutes que je passais avec elle et dont je pressentais qu'elles seraient les dernières. J'avais aimé croire en sa résurrection, le doute m'envahissait. J'aurais voulu trouver une belle parole d'amour mais je ne pus sortir un mot. Je déposai un baiser sur son front et n'ayant pas la force d'un mensonge apaisant qui eût été médiocre, je décidai de partir en promettant de revenir bientôt. Les semaines qui suivirent, ma mère ne quitta plus mon esprit.

De retour à Bordeaux, j'exhumai de mes tiroirs tout ce qui pouvait me parler d'elle, tout ce qui pouvait nous rendre cette vieille jeunesse de l'époque où nous vivions l'un pour l'autre, moi par instinct, elle par amour… et quel amour ! L'image de cette femme redevenue jeune par l'alchimie du souvenir remontait, obsessionnelle et pressante, du fond de ma mémoire. Je m'attardai longtemps sur une photographie en noir et blanc dont j'eus la certitude qu'elle me disait la vérité, pourtant je sais que les photos mentent presque toujours, qu'on peut leur faire dire n'importe quoi ou s'inventer en les regardant toutes sortes d'histoires imaginées. Celle-là ne saurait mentir. J'en ai la certitude. C'est mon cœur qui me le dit et sa mémoire est infaillible.

C'est dans les semaines qui suivirent que la vision de cette femme obséda mon esprit et me fit ressentir l'irrésistible besoin d'écrire le roman de sa vie.

Pour mieux comprendre "le livre de ma mère", il faut se souvenir de toutes les histoires qui commencent par :

"C'était au temps où..."

C'ÉTAIT au temps où l'Algérie était française comme l'était aussi la petite ville de Constantine, dressée sur un rocher, entourée de ravins hallucinants et terrifiants où planaient sans cesse de cruelles légendes nées du temps de la domination turque.

C'est dans ce nid d'aigle imprenable, cette forteresse de rêves, ce repaire d'aventuriers et de forbans que le quinze août mil neuf cent onze, naquit de l'union d'un petit artisan bourrelier et de sa douce compagne, celle dont je vais tenter de raconter l'histoire.

Chez les Lassus, tout le monde était naturellement heureux à commencer par le chef de famille qui ce jour-là déclara : "C'est encore une fille, nous l'appellerons Odette."

C'était la première fois qu'en terme de prénom, on dut se résigner à prendre des libertés avec la tradition. En ce temps-là, il était impensable que l'on ne donnât pas au nouvel arrivant un des noms de baptême du grand-père ou de la grand-mère s'il s'agissait d'une fille. C'était pour les jeunes générations une façon de rendre hommage à leurs anciens et pour ces derniers une manière d'immortalité. Dans cette famille où il ne naissait que des filles, le champ du possible avait très vite été épuisé. Il avait alors fallu improviser. C'est comme cela que, malgré elle, ma mère fut la première à rompre avec le rituel et à se singulariser, ce que sa vie durant elle ne cessa de faire.

Cette fois encore, Edouard Lassus dut s'accommoder d'une fatalité déclinée au féminin pluriel dans laquelle chacun s'empressa de voir la volonté de Dieu. Le petit bourrelier du quartier arabe de Constantine ne savait pas encore que trois années plus tard Jean Jaurès serait assassiné et que la naissance de sa petite dernière le préserverait d'un rendez-vous funeste avec l'Histoire de

France. N'ayant pas partagé le sort des héros du Chemin des Dames pour cause de fécondité abusive, mon grand-père ne porta jamais à la boutonnière même l'ombre d'un ruban témoignant de son patriotisme. Privé de l'opportunité de mourir pour l'amour de son pays, il dut se contenter de vivre pour celui qu'il prodigua d'instinct à sa progéniture.

Bien plus tard, quand il entra dans la vieillesse, ses filles s'en souvinrent et ne l'abandonnèrent pas. Elles lui ouvrirent tour à tour leurs bras et leurs maisons et lui évitèrent de vivre l'hiver de sa vie dans un hospice déshumanisé pour impécunieux et de connaître, par là même, la dernière villégiature de ceux qui ne servent plus à rien et dont on ne sait que faire au sein des familles quelque peu oublieuses.

Pour Edouard Lassus, comme pour beaucoup de Français du pays d'où je viens, la religion était et demeurait pour l'essentiel le domaine réservé des femmes. Mon grand-père s'y intéressa d'autant moins que le salut des âmes ne lui semblait pas revêtir un caractère d'urgence dans sa quotidienneté de survie matérielle. De nos jours, devenus incantations et parfois injonctions, les deux petits vocables "Indemnité" et "Allocation" n'effleuraient ni l'esprit ni le vocabulaire de celui dont la seule obsession était de parvenir ici-bas à faire vivre ses enfants.

En ce temps-là, de même qu'aujourd'hui, on n'attendait pas de Dieu qu'il prît en charge les nourritures terrestres des familles grandissantes. Alors, Edouard Lassus para au plus pressé, négligeant au passage – qu'il en soit pardonné – les choses de l'esprit et celles de l'au-delà. En matière d'assurance céleste, mon grand-père s'en remettait volontiers à sa sainte femme d'épouse. Il lui faisait entièrement confiance dans la gestion de la procédure salvatrice qui nous préserverait des flammes de l'enfer. Sans toutefois en faire un sacerdoce, Joséphine, ma grand-mère, s'acquittait au mieux de la mission attachée à sa condition et traçait consciencieusement la voie qui acheminait toute la famille vers la vie éternelle.

C'est dans le cadre de cette vocation que, quelques mois plus tard, fut baptisée en l'église du Sacré-Cœur de Constantine la petite dernière de la famille, laquelle fut par ce geste écartée pour un temps des infernales conséquences du péché originel.

Pour mieux comprendre les rituels de la famille Lassus, il faut savoir que pour le plus grand nombre des Français d'Algérie, être catholique procédait d'une habitude sociale. La vie de ces gens était rythmée par le respect des règles de la chrétienté : baptême, communion privée d'abord, solennelle ensuite, mariage à l'église bien sûr, messe de minuit une fois l'an, sans oublier la récurrente privation de viande du vendredi, autant de rites intangibles qui émaillaient le fil des jours et des années de ceux qui avaient hérité ou fait le choix de ce mode d'existence.

De plus, imprescriptibles conséquences des fièvres de son histoire, la ville de Constantine baignait dans un climat d'affrontement permanent des trois religions monothéistes. Cette tension était poussée à son paroxysme lorsqu'il s'agissait de différends entre les communautés israélite et musulmane. Ici, les excitations raciales et les préjugés s'exacerbaient plus qu'ailleurs. Nul ne pouvait se débarrasser de ses superstitions et de ses traditions paralysantes tant les sentiments étaient bruyants et les passions vives.

Odette Lassus venait d'avoir vingt-trois ans, le cinq août 1934, quand une grave émeute antisémite ensanglanta la ville et marqua à jamais les esprits. Son fils en avait à peine huit quand éclatèrent dans cette même région, en 1945, les premières insurrections contre ce que les Arabes appelaient l'occupation française.

Toutefois, les convulsions sectaires des trois courants de pensée connurent des rémissions. Elles n'empêchèrent pas la petite dernière de la famille Lassus de vivre une enfance heureuse dans ce pays auquel nous étions attachés comme on l'est à sa mère, sans discussion ni jugement.

Quant à l'auteur de ces pages, s'il avait à renaître, il choisirait de le faire sur ce rivage-là de la Méditerranée. Sans hésiter, il choisirait de revivre l'aventure "pied-noir" tant il sait aujourd'hui combien elle lui a plus apporté de richesses qu'elle ne lui a laissé de cicatrices. Comme d'autres déracinés de cette terre d'Afrique il se sent tenu à un devoir de mémoire quasiment sacré et volontairement inusable, un devoir de mémoire à l'encontre de ceux qui voudraient que nous gommions notre passé au seul prétexte qu'il serait coupable à leurs yeux, les mêmes devant lesquels nous devions nous cacher pour pleurer et avoir honte de n'avoir pas eu, comme eux, la présence d'esprit de voir le jour à Bourg-en-Bresse ou à Conflans-Sainte-Honorine pour y cultiver, entre soi, une citoyenneté historiquement plus respectable que la nôtre.

Odette Lassus s'enthousiasma très tôt pour la vie. Un enthousiasme un peu effronté, presque provocateur à l'égard des gens pour lesquels il n'était pas pensable d'aborder avec légèreté ce qui se devait d'être forcément sérieux : le destin programmé d'une femme.

C'était au temps où il était de bon ton, surtout dans ce pays, qu'une jeune fille convenable s'adonnât essentiellement à la tapisserie et à la pâtisserie les yeux baissés et les genoux serrés en attendant l'arrivée de son prince charmant. Les yeux, Odette ne les baissa pas souvent, quant aux genoux, elle ne les ouvrit que plus tard et par amour pour le père de celui qui raconte son histoire.

Jeune, cette femme le fut effrontément. Elle fit un usage presque abusif de sa jeunesse, de ce don fait en une seule fois et dont elle fut très tôt consciente qu'elle n'en recevrait jamais de plus beau sur cette terre.

Sans les braver, Odette prit quelque distance avec les tabous et les interdits. Elle le fit sans ostentation. Ses petits camarades auraient pu la qualifier de rebelle bien qu'elle ne fût jamais dans une contestation exubérante pouvant s'apparenter à une révolte contre la condition des filles de son temps. Non, il s'agissait plutôt d'une espièglerie de tous les instants destinée à l'écarter de la pensée unique et à proclamer par quelques pieds de nez sa différence identitaire au monde qui l'entourait.

Chez les Lassus, les jours coulaient paisibles et sans histoires. Odette grandissait entre un père et une mère dont la seule présence lui faisait ressentir à quel point le bonheur peut être simple et durable s'il se contente de n'être qu'une aptitude. Pour mon grand-père et ma grand-mère, il était à la limite d'être une vocation.

Odette fréquenta l'école de la Troisième République, celle qui prônait la discipline et le travail, de vieux principes quelque peu malmenés depuis que nous sommes tentés d'être libres de tout faire et libérés de tout.

Les valeurs inculquées à l'ombre du buste de Jules Ferry s'articulaient autour du respect des anciens et surtout du respect de la Patrie. Cette dernière était pour les pieds-noirs de l'époque une espèce d'ailleurs mythique sublimé dans les livres d'Histoire et embelli dans les cœurs de ceux qui s'en croyaient les fils.

A la Communale, on attendait la permission de s'asseoir. Comme dans l'Hexagone, l'appel des enfants se faisait par ordre alphabétique et la consonance des noms, qu'ils fussent arabes, juifs ou chrétiens ne perturbait en rien la suite immuable des lettres de l'alphabet. Comme leurs élèves, les instituteurs portaient la blouse anthracite et, par pure politesse, il ne serait jamais venu à l'idée de quiconque de se présenter dans l'exubérance d'un accoutrement ostentatoire ou ostensible devant l'homme du savoir.

En classe, le tableau noir voisinait toujours avec l'inoubliable carte de géographie. Celle-ci représentait d'une seule et même couleur la France et ses trois départements d'Algérie. C'est peut-être parce que les enfants ne croient qu'en l'évidence de l'œil qu'aucun d'entre nous ne se sentira plus tard coupable du péché d'origine qui nous sera reproché avec tant de véhémence. Pour les religions, l'instituteur se bornait à indiquer celles qui existaient en ajoutant que certains n'en pratiquaient aucune. Cet homme n'enseignait rien qui ne fût familier à tous les honnêtes gens. Il était l'auxiliaire neutre des pères de famille.

Chez les Lassus, le père était un bon père de famille. D'ailleurs, chez les pieds-noirs, ils l'étaient tous. Il n'y eut jamais aucun exemple ici d'un homme ayant abandonné sa progéniture ou fui ses responsabilités familiales. C'est du respect de ces principes intangibles que découlait l'incontestable autorité du père.

La mère, quant à elle, était toujours mise sur un piédestal. Son image, on pourrait dire son icône, était sublimée et aucun d'entre nous n'aurait pu détester la sienne comme le fit Hervé Bazin qui consacra sa vie à claironner sa haine pour Folcoche et surtout à l'écrire dans des livres qui forcent l'admiration du lecteur mais seulement pour le bonheur du style.

Chez les Méditerranéens, ressentir et écrire cela n'eût pas été pensable car des femmes comme Folcoche, il n'en existait pas.

Ici, la mère était toujours la *Mamma* de la chanson, celle à laquelle la tribu témoignait un amour excessif pouvant parfois aller jusqu'à la dévotion. Le plus célèbre des pieds-noirs n'hésita pas à affirmer en public qu'il défendrait sa mère avant la justice s'il était confronté au dilemme de ce choix. C'était à Stokholm le douze décembre mille neuf cent cinquante-sept. Ce jour-là, Albert Camus recevait le prix Nobel de littérature. Son propos fit couler beaucoup d'encre dans le landerneau politique et réchauffa un peu le cœur des Français d'Algérie qui en avaient grand besoin.

En ce temps-là, dans ce pays, la mère était souvent celle qui n'avait pas son certificat d'études mais qui aurait tout sacrifié pour voir ses enfants l'obtenir. Elle était celle qui ne savait rien du latin mais qui n'aurait jamais laissé partir ses petits pour l'école sans leur avoir fait réciter, livre ouvert, les conjugaisons chères ô combien ! à tous les instituteurs de notre Troisième République.

Joséphine Lassus qui allait devenir plus tard ma grand-mère est à tout jamais présente dans mon cœur. Elle était une mamie à laquelle aucune femme d'aujourd'hui ne rêve de ressembler. Elle était usée d'avoir vécu sans se plaindre dans l'alternance résignée des départs pour la messe et des retours de couches, des couches dont certaines, moins chanceuses, ne revenaient jamais. Ces grands-mères-là étaient tellement pétries de tendresse et de douceur, il y avait tant d'amour dans le regard qu'elles portaient sur leurs petits-enfants que si, dans mes souvenirs la bonté pouvait avoir un visage, c'est celui de cette femme que je lui donnerais.

A Constantine, la jeunesse vivait au rythme des saisons et des considérables amplitudes climatiques qui scandaient le temps des grands boulevards et celui de la plage, du cinéma et des clubs nautiques.

En hiver, les jeunes arpentaient en bandes l'artère la plus commerçante de la ville selon un rituel immuable, le même que dans les autres grandes villes d'Algérie. Ici, c'était dans la rue Caraman que les groupes de garçons déambulaient en croisant des groupes de filles. On se regardait, on se plaisait à distance mais s'adresser la parole était déjà difficile, quant à aller plus loin, il ne fallait surtout pas y songer.

L'Algérie était une grande école de frustration. Ses filles, au désespoir des garçons que nous fûmes, ne voulaient en rien ressembler aux métropolitaines. Ici, ces dernières n'avaient pas très bonne réputation. Elles fumaient, s'attablaient parfois aux terrasses des cafés et d'aucuns prétendaient même qu'elles étaient trop faciles. Les nôtres avaient bien plus de réserve. On n'aurait pas compris qu'une pied-noir soit "olé-olé". Alors, si elles n'avaient pas de grand frère "bienveillant", elles n'étaient pas autorisées à sortir le soir avant d'avoir atteint l'âge de la majorité dont il convient de se rappeler qu'il était à l'époque fixé à vingt-et-un ans. En fin de semaine, les mêmes étaient enfermées dans des habitudes sédentaires. Il y avait aussi l'inévitable promenade du dimanche en famille. Lente et interminable, sa destination était fixée avant le départ. Les filles y subissaient la tyrannie d'un côte à côte parental dont il ne leur serait pas venu à l'esprit de contester le bien-fondé.

En été, l'essentiel de la jeunesse s'agglutinait autour des trois piscines de Sidi M'Cid bondées sous la canicule, seul et unique endroit où l'on pouvait échapper, le temps d'une baignade, à la redoutable chaleur du Constantinois.

Si l'école prônait les valeurs chères à la République, le dimanche en matinée, le cinéma faisait l'apologie du courage, de la bravoure et racontait de belles histoires d'amour.

Devant un film de cape et d'épée où les bons triomphaient toujours des méchants, les garçons trépignaient sur leurs sièges en moleskine et vibraient au cœur des grandes batailles qui réveillaient en eux de mâles instincts guerriers difficilement réfrénés. Bien plus romantiques les filles se sentaient fondre devant le baiser de la fin dont les prolongements charnels procédaient pour tous d'un imaginaire quelque peu imprécis. Il faut dire que ce bouche-à-bouche fut longtemps malmené par les censeurs de toutes les chapelles. A l'époque, d'aucune façon il ne devait faire plus de deux mètres quinze de pellicule, c'est-à-dire trois secondes à l'écran. Dans ce court laps de temps devaient figurer toutes les phases successives du baiser, à savoir le sourire, l'approche des lèvres, leur union et leur séparation. Malgré tout, devant tant de hardiesse, les garçons ricanaient sottement et les filles rêvaient secrètement d'être à la place de celle qui s'abandonnait ainsi dans l'apothéose du vrai grand amour.

Odette Lassus vécut ses jeunes années dans la permanence d'un bien-être sans histoire où tout ce que l'on faisait en famille semblait procéder d'un bonheur communicatif, une sorte de tranquillité, de sincérité de la vie où les jours coulaient dans l'habitude et dans l'attente des petites choses qui en faisaient l'attrait :

- La robe du dimanche méthodiquement repassée et amoureusement rangée dans la perspective d'une autre métamorphose.

- Le gâteau des jours de fête rapporté par le père de la *pâtisserie Princesse* et pour lequel il était convenu que celui ou celle qui le coupait serait le dernier à choisir sa part.

- Les crêpes que l'on faisait sauter le jour de la Chandeleur et dont on prétendait que celle envoyée à dessein sur le haut du buffet porterait bonheur à toute la maisonnée.

- La dent de lait en partance que l'on s'impatientait de perdre pour pouvoir la glisser sous son oreiller en sachant par avance que, dans l'intermittence du sommeil, une souris viendrait la remplacer par le petit cadeau que l'on découvrirait dans l'émerveillement d'un matin enchanté.

- Une succession de plaisirs minuscules, presque sans importance, de petits riens que la mémoire choisit de ne pas oublier et qui s'installent à jamais dans la nostalgie d'une enfance heureuse dont on se souviendra durant la vie entière.

Initiative courageuse pour l'époque, Edouard Lassus décida un beau matin de quitter sa ville natale de Philippeville pour tenter d'exercer son métier au cœur même du quartier arabe de Constantine. C'était en mil neuf cent six ; il avait alors vingt-et-un ans. Aucun Français de souche n'aurait voulu en faire autant. Ils préféraient continuer de vivre en toute quiétude à quelques kilomètres de là au sein d'une ville d'Algérie pensée et construite de toutes pierres par leurs grands-pères et leurs pères depuis leur arrivée sur ce rivage de la Méditerranée.

Il faut savoir que si, pour un Européen de ce temps, être Constantinois c'était être venu au monde à Constantine, ville phénomène bâtie sur un rocher, peuplée essentiellement de musulmans, c'était aussi et presque toujours avoir grandi à Philippeville, au bord d'un littoral magnifique ouvert sur l'horizon de la mère Patrie, dans une cité moderne où s'étaient retrouvés tous ces pionniers enthousiastes et désargentés venus d'Alsace-Lorraine, du Massif Central ou du Piémont. Ils s'étaient fraternellement rassemblés pour faire naître ensemble une superbe agglomération de facture européenne qui, quarante ans après le départ du dernier de leurs descendants – le temps de faire un homme ou un vieillard et de voir jaunir quelques photographies – n'existe plus que dans le culte d'une mémoire vouée à l'oubli faute de pouvoir être encore partagée.

C'était un petit métier que celui qui faisait vivre la famille Lassus. D'ailleurs, dans ce quartier pauvre, on n'exerçait que de petits métiers sans nulle autre ambition que celle de garder sa femme à la maison et d'élever dignement ses enfants.

Au centre de ce quartier arabe, où chaque ruelle étroite et tortueuse regroupait une corporation de modestes artisans, rien ne distinguait l'échoppe du bourrelier de celle de son voisin musulman le maréchal-ferrant. Devant le nombre impressionnant de cavaliers et de chevaux que comptait la ville en ce début de siècle, ces deux-là avaient très vite compris que leurs activités étant complémentaires, il serait bénéfique d'unir leurs talents et de le faire en bonne intelligence. Pendant plus de trente ans ils s'y employèrent et vécurent toutes ces années dans une amicale complicité, sans l'ombre d'un conflit ni même d'un différend.

Comme les Arabes qu'il respectait et qu'il aimait, cet homme vivait dans une espèce de lenteur naturelle sur laquelle flottaient tantôt des arômes de café grillé et de pâtisseries orientales, tantôt des effluves de girofle, de cannelle et de fleur d'oranger, parfums changeant au gré des jours dans la permanence d'un climat de fraternité et d'estime mutuelle.

Dans ce décor d'un bleu ensoleillé, au milieu de gens enturbannés accroupis à l'écart de la course du temps et vivant sagement l'actualité du monde sur le pas de leur porte, Edouard Lassus ne défendait aucun credo car il n'en avait pas. Il se laissait tout simplement porter par un certain bon sens quelque peu instinctif et surtout éloigné des vérités brandies par les uns et des certitudes assénées par les pires. Cet homme n'exigeait rien en contrepartie des qualités humaines dont il n'était même pas conscient qu'elles fussent siennes. Il ne lui serait jamais venu à l'idée d'en négocier les dividendes pour aider au rachat de son âme et revendiquer une place aux côtés d'un Dieu qu'il ne fit qu'ignorer tout au long de sa vie. Aussi, que l'on ait pu dire plus tard de celui-là et de bon nombre de ses semblables qu'ils furent coupables d'avoir exploité les gens de ce pays me paraît procéder d'une lecture pour le moins orientée de l'Histoire des pieds-noirs.

L'échoppe de mon grand-père, où s'entassaient pêle-mêle, à même la terre battue, des enchevêtrements de harnais, de colliers, de selles et de croupières, cette boutique minuscule dans laquelle planait sans cesse l'odeur d'un cuir que l'on corroie ou d'un sabot que l'on ferre, deviendra plus tard une espèce de royaume pour l'enfant émerveillé qui la revisite en écrivant ces lignes. Elle est inscrite à jamais au patrimoine émotionnel de sa mémoire au même titre que les cigognes du Constantinois, celles qui revenaient chaque année, témoignage de fidélité et symbole du bonheur des gens de ce pays, au temps où il faisait si bon y vivre dans la paix.

Contrairement à l'impression d'infinitude et à la sensation de liberté qu'inspiraient les plaines et les rivages algériens, un sentiment d'enfermement était souvent ressenti par les gens de Constantine. Cela tenait, bien sûr, à la situation de la ville. Accrochée à son rocher, elle était cernée de gouffres et d'abîmes insondables par-dessus lesquels l'homme avait lancé, tous azimuts, comme autant d'issues de secours, des ponts et des passerelles dont la seule vision donnait la chair de poule. Tout cela avait fait naître chez les habitants des réactions d'assiégés qui se traduisaient souvent par le besoin de se blottir au fond du cocon familial. C'est auprès des siens que l'on se sentait en sécurité. C'est auprès des siens que l'on conjurait la peur du vide et l'hostilité de la nature environnante.

C'est donc dans ce décor angoissant mais au sein d'une famille rassurante que poussa jusqu'à devenir une femme celle que je devais appeler "maman". Cette lente mutation se fit dans un bonheur sans histoire et dans la tradition des "filles de mon pays" si bien mises en musique par celui que chacun reconnaîtra à son accent de… sincérité.

A l'inverse des gens privés de soleil et qui n'hésitent pas à aller le chercher à l'autre bout du monde quand revient le temps des vacances, les pieds-noirs se méfiaient de ses intempérances.

En Algérie, on vivait beaucoup les persiennes fermées. Enfant, je me souviens de ma grand-mère et aussi de ma mère aspergeant, volets clos, à grands coups de jet d'eau le carrelage de la cuisine et celui de la salle à manger "pour casser la chaleur" disaient-elles. Geste fondamental, refroidir aussi la terrasse de manière régulière sans oublier d'arroser, sur le bord des fenêtres, l'alignement de bouteilles vêtues de toile de jute. Geste inlassablement répété dans l'espoir de garantir – pour peu qu'un souffle de vent s'en mêlât – un semblant de fraîcheur à qui aurait envie de se désaltérer.

La vie se passait dans cette sorte de pénombre ou de demi-obscurité diurne dont le souvenir, pour l'auteur de ces pages, demeure à jamais lié aux premiers émois et à l'éveil du désir sexuel. Cette connotation persistera bien des années après. Elle est indissociable des siestes préméditées, vécues dans la ferveur des amours impatientes avant de s'inscrire dans le souvenir que l'on en gardera. Ces siestes, plus tard devenues parenthèses ouvertes et refermées dans le quotidien d'un ennui automnal, continueront d'offrir à ceux qui s'y adonnent avec assiduité l'immense privilège de voir poindre le jour pour la seconde fois avant que la nuit tombe.

Bien qu'on ait trop tendance à relire l'Histoire en commençant par la fin, Odette Lassus gardera en mémoire de la vie à Constantine la grande gaîté qui y régnait. De son enfance, elle ne conservera pas d'image d'austérité mais plutôt un souvenir de fêtes permanentes. Celles des mariages et des baptêmes pour les uns. Celles des circoncisions et de la fin du jeûne pour les autres. Celles de tous les habitants d'une ville secrète et fermée sur elle-même mais une ville dans laquelle les trois communautés vivaient dans la joyeuseté une proximité physique remplie de sensualité.

Si d'aucuns prétendent qu'à vingt ans on a toujours envie de changer le monde, de vivre le grand amour ou de se suicider, celle dont je suis issu avait d'autres projets.

De toutes les filles du petit bourrelier c'est ma mère qui avait le plus de violence et d'orgueil, une clairvoyance révoltée contre la condition féminine de son temps et surtout le refus d'être jugée uniquement sur celle-ci.

Dans ce pays où s'exerçait une surveillance constante et naturelle de la conduite des femmes, à une époque où l'on disait d'une jeune fille "convenable" qu'elle avait été élevée à l'ombre de la "bérenta" – grille ornementale scellée devant les fenêtres des maisons espagnoles – Odette eut le grand privilège de pouvoir décider toute seule de sa vie. Il se trouva que pour elle l'urgence fut de la gagner. Si cela peut paraître aujourd'hui d'une banalité déconcertante, il n'en était pas de même dans les années trente. Le schéma mental de cette originale s'inscrivait à l'inverse de celui des jeunes filles en fleurs de l'époque dont l'obsédant dessein était de rencontrer au plus vite celui pour lequel et par lequel elles pourraient embrasser la respectable carrière de mère au foyer : l'inexorable de leur condition.

Comme la famille Lassus n'était ni riche ni en passe de le devenir, la seule façon pour leur fille d'accéder à la liberté que procure l'argent fut de mettre toute son énergie à tenter d'en gagner. Pour ce faire, elle s'affranchit plus tôt que prévu de l'enseignement traditionnel au profit d'un savoir bien plus vite monnayable.

Le matin, pour se rendre à l'école Pigier, le parcours était sans chemins de traverse ni évasions rêvées car rien ne pouvait détourner Odette du but qu'elle s'était fixé. Sa détermination ne cessait jamais d'être prioritaire. Cette jeune fille allait à marche forcée vers son indépendance ou plutôt vers sa non dépendance. Elle était convaincue que seule cette dernière lui conférerait la respectabilité dont jouissaient les hommes auxquels elle refusait de se soumettre en vertu d'ancestrales et archaïques coutumes.

Cette exigence ne la quitta pas tout au long de sa vie. Elle l'exprima dans le désir permanent de réagir contre le destin programmé des femmes. Elle n'accepta jamais d'être dominée sous prétexte qu'elle en était une. Elle s'employa longtemps à le rappeler ou à le faire savoir à qui ne voulait pas l'entendre.

Le soir, après les cours, Odette faisait un crochet par l'échoppe du bourrelier. Elle aimait voir travailler cet homme tant il semblait jouir d'un don de magicien. Elle aimait surtout voir naître d'une chute de cuir, de quelques rivets dorés et d'une géniale idée, des petites choses que son père imaginait pour elle et qu'elle était très fière de montrer aux autres jeunes filles. Plus tard, comme un fabuleux présent reçu en témoignage de son hérédité, force fut de constater qu'elle avait autant d'or dans les mains qu'en avait eu dans les siennes le génial artisan. Elle fut une de ces rares femmes dotées de la capacité de créer autre chose que des enfants, ce qui ne l'empêcha nullement de les aimer.

Certains jours, il lui arrivait de s'attarder dans la boutique jusqu'à la fermeture. Une fois le rideau baissé, père et fille regagnaient ensemble le domicile familial en bavardant tout au long du chemin.

Les Lassus habitaient le quartier Saint-Jean. Pour s'y rendre, il fallait traverser le square Vallet, très apprécié des citadins pour son incomparable kiosque à musique et les concerts qu'on y donnait le soir, franchir la place de la Brèche, de loin la plus cosmopolite et la plus remuante de la ville, remonter la rue Rolles-de-Fleury pour parvenir enfin place de la Pyramide. C'est à deux pas de là, dans une petite construction de style européen que l'artisan bourrelier venu de Philippeville avait loué un modeste appartement pour y loger sa grandissante famille.

Le bâtiment comptait une dizaine de logements. Il était adossé à une espèce de gros mamelon boisé sur lequel – pour le plus marquant des souvenirs que j'en ai gardé – les habitants de l'immeuble allaient se réfugier lorsque la terre tremblait. A Constantine, la terre tremblait souvent. Il arrivait même qu'elle se laissât aller à exagérer. Quand cela se produisait en pleine nuit, ce qui était généralement le cas, c'est dans l'urgence et dans un bruit sourd venu des fondements du rocher qu'Edouard Lassus rameutait son petit monde. Comme tous les habitants du lieu étaient convaincus que seule la fuite les sauverait du séisme, il convenait de ne pas perdre de temps. Alors, les yeux bouffis et le corps engourdi, nous nous dirigions d'un pas somnambulique vers le providentiel espace boisé.

Je n'oublierai jamais ma grand-mère m'emportant dans ses bras pour me garder en vie, pour m'éloigner au plus vite des crises de démence d'une nature plus furieuse à Constantine que nulle part ailleurs sur cette terre d'Algérie.

Dans le petit bois, couchés à même le sol, enroulés dans des couvertures de circonstance, les gens se retrouvaient pour tenter de vaincre leurs angoisses. Ils se rassuraient comme ils pouvaient dans l'attente d'un retour au calme. De tels événements transcendaient la qualité des rapports de proximité et tissaient des liens d'exception entre les locataires. Après avoir survécu, on avait envie de mieux se connaître, de parler des uns et des autres, de prendre des nouvelles des enfants et surtout du petit dernier... C'est tout juste si – une fois le danger écarté – on ne se donnait pas rendez-vous à la prochaine secousse, à la prochaine frayeur, dans l'espoir de revivre ensemble un autre moment de vraie fraternité.

Celui qui raconte cette histoire – a posteriori amusante – demeure persuadé d'être devenu le petit garçon peureux qu'il restera longtemps à partir de l'inoubliable nuit où l'on vint l'arracher à ses rêves pour le jeter dans la réalité d'un monde où il prit pour la première fois conscience que l'on pouvait aussi mourir "pour de vrai".

Le premier regard, le premier sourire, la première étreinte, bref la primauté de tout ce qui à cette époque avait un goût d'éternité fut révélée à la fille du bourrelier par celui sans lequel ce livre et son auteur n'auraient pas vu le jour.

Constantine était une ville de garnison avec son corps de chasseurs à cheval. C'est à ce régiment qu'était rattaché un jeune cavalier du nom d'Albert Choisy. Ce dernier se rendait souvent chez le maréchal-ferrant et aussi chez le bourrelier son voisin. Il le faisait dans le cadre d'un accord passé entre l'armée et les deux artisans, accord dont la finalité était de s'occuper pour le premier de ferrer les chevaux et pour le second de réaliser tout ce qui avait trait à leur harnachement.

L'intérêt que portait le beau militaire à la fille du bourrelier ajouté à l'émoi mal contenu qu'il suscitait chez elle ne laissait aucun doute à ce dernier sur la nature de cette relation naissante.

A l'époque où l'on ne voyait le salut d'une jeune fille que dans la vertueuse institution du mariage, Edouard Lassus ne semblait pas pressé de voir partir les siennes. Malgré cela, il ne lui serait pas venu à l'esprit de les retenir à la maison, de guider leur choix ou de contrarier celui qu'elles auraient pu être tentées de faire en ne tenant pas compte de l'avis paternel.

Une fois pourtant, il ne put s'empêcher de s'en mêler. Il faut dire que l'identité du prétendant avait quelques raisons de troubler le brave homme. Son aînée Laure, devenue plus tard sœur Marie-Marthe-de-l'Enfant-Jésus, avait décidé d'épouser Dieu. Ce n'était pas que ce projet le contrariât vraiment mais il eut surtout l'intime conviction que sa fille se faisait manipuler par quelques religieuses en mal de recrutement. En effet, et sans qu'il fût d'un anticléricalisme forcené, il n'avait pas échappé au chef de famille que la paroisse exerçait sur sa petite une influence qui d'instinct ne lui paraîssait pas très catholique.

Bien que son père fût fort mécontent et la désapprouvât, Laure n'entendit que les voix venues du Ciel. Elle épousa le Tout-Puissant qui n'eut qu'à se louer de sa fidélité tout au long d'une vie qu'elle consacra entière à sa contemplation.

C'est peut-être grâce à cette petite sœur qu'il sera un jour pardonné aux pêcheurs que nous sommes d'avoir quelquefois douté de l'existence de Celui dont elle avait choisi de devenir l'épouse.

Chaque hiver, les officiers de la garnison donnaient un bal que l'on nommait le "bal des officiers". Ce bal était ouvert à tous. Comme l'intégralité de la recette était destinée aux œuvres charitables, on ne pouvait pas se montrer trop regardant sur l'appartenance sociale des gens que l'on choisissait d'inviter. C'est ainsi que le jeune cavalier sollicita de son bourrelier qu'il consentît à lui confier sa fille pour l'accompagner à une soirée dont personne ne mettait en doute la bonne tenue et encore moins la moralité. Bien entendu, Edouard Lassus accepta de bon cœur.

C'était au temps où le mot bal libérait dans l'imaginaire des jeunes filles des bouffées de romantisme aux prolongements rêvés qui faisaient rougir leurs pensées. Odette n'échappa pas à ce troublant émoi et la suite de l'histoire la transporta au-delà de l'espoir qu'elle avait secrètement caressé.

A l'inverse des contes de fée surannés qui enchantaient le monde des enfants d'autrefois, contrairement à ces romans à l'eau de rose où de beaux chevaliers demandaient – genoux à terre – la main de bergères en sabots, chez les Choisy, la réalité ne concédait jamais rien au romanesque. Quand un officier épousait la fille d'un bourrelier, cela s'appelait tout simplement une mésalliance. Mais, comme de tout temps, la raison n'est jamais ce qui décide de l'amour, nul ne put empêcher Odette et Albert de vivre sans retenue celui qu'ils découvraient.

L'amour qu'ils découvraient, je l'imagine immense. Il était pour eux le vrai grand amour. Il était celui qui vous prend l'âme bien avant le corps parce qu'il est la continuité d'une rêverie préalable, d'une vocation d'aimer déposée très tôt comme une religion au plus profond de soi.

En faisant fi des désabusés et autres amputés du cœur qui n'ont cessé de le banaliser faute de l'avoir vécu, les autres vous diront – sauf ceux qui sont tentés de taquiner la muse – qu'ils préfèrent taire le leur plutôt que de devoir user pour en parler d'un vocabulaire ô combien éculé, impropre à en traduire la vraie sincérité. Longtemps, seuls les silences de ma mère me révèleront la force des sentiments qui faisaient vivre le sien. Dans les moments où elle choisissait de ne pas étancher ma soif d'en savoir plus sur mon père, ce que le mutisme de cette femme exprimait de ferveur pour son souvenir n'avait d'égal que la tendresse que je lisais dans le regard qu'elle portait sur moi, vivante continuité d'un être que je n'ai pas connu et dont j'étais à ses yeux le plus beau des présents.

Deux ans après le bal des officiers suivi d'un mariage désapprouvé par les Choisy, naquit d'un grand amour et d'une mésalliance celui qui bien des années plus tard tente toujours de retrouver les racines manquantes de sa branche paternelle. Cette branche fut volontairement arrachée à son arbre généalogique et consciencieusement gommée de sa mémoire par une femme qui n'accepta jamais d'être rejetée par la famille de l'homme qu'elle aima au-delà des calculs et des arrière-pensées d'un monde qui n'était pas le sien et qui la méprisait.

Pour les jeunes mariés, le temps du bonheur fut de courte durée. Quand se produisit la tragédie, leur petit garçon n'avait pas encore soufflé sa première bougie.

Ce jour-là, en sellant sa monture à l'aube d'une matinée qui s'annonçait belle et ensoleillée, Albert Choisy se sentait comblé. Il ne savait pas encore qu'il avait rendez-vous avec sa destinée. Il ignorait que sa vie allait basculer en quelques secondes dans l'irréparable. Sa vie, et aussi celle des deux êtres qu'il chérissait le plus.

Une allée cavalière au milieu d'une forêt des environs d'Alger, un galop plus soutenu et plus grisant qu'à l'accoutumée, le hasard d'une branche d'arbre placée par le destin en travers du chemin, un choc d'une rare violence, un cavalier arraché à ses étriers, la brisure irréversible d'un corps jeté à terre, et… l'épilogue d'un bonheur agonisant au fil des mois dans la déchéance d'un homme cloué sur un lit d'hôpital avant que ne s'éteigne dans son dernier soupir celui qui n'eut pas le temps d'être mon père et qui aujourd'hui pourrait être mon fils.

En dehors des circonstances tragiques de cet événement, ma mère ne me parla que très peu de l'homme dont je sais qu'elle porta à jamais le deuil dans sa tête. Elle ne me révéla pas non plus la profondeur de sa propre blessure.

Les raisons de son mutisme, je ne les ai apprises que bien plus tard. Enfant, je ne les saisissais pas. D'ailleurs, elles ne faisaient pas partie des préoccupations d'un gosse de mon âge. Les gamins se moquent bien des états d'âme des grandes personnes. Moi, je n'avais besoin que de ses baisers, de sa jeunesse, de son parfum, de sa tendresse. Elle était dans ma vie l'héroïne de mon quotidien. La priorité de mes instants passés auprès d'elle consistait, pour le petit garçon que j'étais, à essayer de ne pas lui faire de peine. J'aurais été très malheureux de contrarier le sourire de cette femme, sourire dont je mesurais, chaque jour, combien il exprimait le trop-plein d'un amour dont elle me voulait l'unique bénéficiaire.

C'est comme cela que je vécus longtemps dans l'ignorance de mes origines paternelles auprès d'une mère qui filait obstinément ma mémoire tout en tissant des liens captatifs qui avaient vocation à m'attacher exclusivement à elle et à me distraire de cette famille dont je porte le nom et dont elle ne voulait plus entendre parler.

Tant que j'eus l'impression d'être immortel, cette absence de traces ne me gêna pas. Les jeunes pensent à autre chose qu'à réciter leur généalogie. Ce n'est que bien plus tard, au moment où ils perdent pied dans le présent que les vieux se tournent vers le passé. Il devient alors urgent pour eux de connaître l'histoire de leur lignée, cette chaîne rassurante dont ils se sentent soudain le maillon éphémère et dont la reconstitution hivernale ne leur sert bien souvent qu'à masquer la peur du néant et l'angoisse d'un imminent au-delà où ils aimeraient bien que quelqu'un les attendît.

Ma mère m'avoua son secret, ou plutôt sa folie, bien des années après le décès de mon père. Il me fallut le hasard d'une découverte, à presque quatorze ans, celle d'un faire-part oublié au fond d'un vieux tiroir pour qu'elle se résignât à me faire des aveux. Elle me révéla alors ma véritable identité. Depuis ma venue au monde, elle avait tout fait pour que je ne sache rien d'une famille dont je venais de découvrir, à la lecture du carton annonçant ma naissance, que je portais le nom, celui qui de toute évidence aurait dû être le mien. Dans les faits, cela n'était pas le cas. Le patronyme par lequel mon maître d'école et mes petits camarades me nommaient en était un autre.

Il faut savoir que quatre ans après la mort de mon père, alors que j'étais encore un tout petit garçon, Odette s'était remariée. Elle avait tout simplement décidé que l'on m'appellerait du nom de son nouvel époux, lequel lui avait donné deux autres enfants qui sont depuis toujours mes frère et sœur de cœur. Elle prétendit que cette entorse à l'état civil procédait, dans son cœur de mère, d'une volonté d'égalité entre ses enfants et, par là même, d'un partage équitable de son amour pour eux. Pour ce faire il lui fallut mentir – bien sûr pour la bonne cause – et aussi falsifier quelques papiers pour elle sans importance, ce qu'elle fit en conscience et surtout sans vergogne.

Si le discours de cette femme pouvait être entendu et compris par certains, les sentiments réels qui l'avaient inspiré n'étaient pas des plus nobles tant il s'en dégageait une odeur de rancune.

Un beau matin, probablement malmenée par sa conscience et pressée par ses souvenirs, ma mère se laissa aller à être vraie. Elle m'ouvrit toutes grandes les portes de son for intérieur et voulut sans plus attendre me révéler les raisons profondes du choix qu'elle avait fait, celui de me déposséder de mon identité. Ce fut un moment de grande émotion, l'unique fois où elle me parla de mon père et de sa famille. Après quoi, elle choisit de se taire jusqu'à la fin de ses jours. Pour ma part, je ne lui demandais rien. Alors, peu à peu, la pudeur s'installa entre elle et moi et nous vécûmes tous deux dans une sorte d'omerta que je n'eus jamais le courage de trahir. Le silence engage bien plus qu'on ne le croit. Parfois, lorsqu'il nous arrivait d'effleurer le sujet, nos échanges s'alourdissaient du fardeau de nos arrière-pensées et nous revenions instinctivement dans un dialogue plus silencieux. Aujourd'hui qu'il est trop tard, je ne peux que le regretter. Ce dont je souffre le plus, c'est de ne pas pouvoir transmettre à mes enfants les chapitres manquants d'une histoire qui m'échappe et qui cependant les conditionne.

La confession de ma mère me bouleversa. Elle me bouleversa d'autant plus que je vis les larmes de cette femme rejaillir d'un passé pourtant déjà lointain. Je sentis alors à quel point avait dû la blesser au plus profond d'elle-même le coup de poignard que lui portèrent au cœur ceux auxquels je compris qu'elle ne pourrait jamais pardonner.

Cela s'était passé un matin dans un cimetière d'Alger, tout en bas du boulevard Bru où habitèrent longtemps mes grands-parents paternels. Cela s'était passé dans un cimetière que je n'ai vu qu'une fois à l'âge de quatorze ans, une fois qui a suffi à ma mémoire de gosse pour l'immortaliser. Cela s'était passé dans un cimetière du temps de la présence française et qui peut-être n'existe plus. Cela s'était passé sur cet autre rivage de la Méditerranée où j'ai bien peur que nos chers disparus ne le soient à jamais.

Ce qui s'était passé ce matin-là dans ce cimetière nous ramène à la période d'après le terrible accident qui terrassa mon père.

La lente agonie de cet homme sur son lit d'hôpital se prolongea pendant plus de neuf mois, des mois pendant lesquels il fallut bien que sa jeune épouse organisât sa vie et celle de leur enfant.

Avant que la fatalité ne les précipitât dans le malheur, le couple avait choisi d'habiter un petit immeuble du Chemin des Crêtes sur les hauteurs d'Alger. Cette adresse présentait pour Albert Choisy l'avantage d'une proximité voulue avec sa famille : un père, une mère et un frère auxquels il continuait d'être très attaché malgré le rejet que ces derniers avaient fait de sa femme, "une petite effrontée qui lui avait mis le grappin dessus" et qui de toute évidence n'était pas digne d'avoir épousé celui pour lequel on nourrissait d'autres ambitions.

Au lendemain du drame, Odette s'était retrouvée seule avec son fils. Elle s'était retrouvée seule dans une ville qu'elle connaissait à peine et où vivaient les proches de son mari, des proches qui l'ignoraient, ne lui témoignaient pas la moindre affection et ne s'intéressaient qu'au petit garçon qu'elle avait mis au monde.

Le jour, Odette travaillait. Elle avait trouvé un emploi de sténodactylo, ce qui lui permettait de gâter, au-delà du raisonnable, le petit homme pour lequel elle avait choisi de vivre et de se battre.

Chaque soir, après le bureau et avant de retrouver son fils que lui gardait madame Garcia la concierge de l'immeuble, Odette faisait un crochet par l'hôpital. Là, elle ne pouvait que constater la lente dégradation de celui devant lequel la médecine avait rendu les armes, celui dont la vie se consumait à petit feu, à petits souffles avant de s'éteindre dans le dernier que l'on pressentait de plus en plus imminent.

Après quelques mois de ce quotidien désespérant, c'est le besoin vital d'un retour aux sources du bonheur et l'opportunité de son premier congé qui avaient poussé Odette vers sa ville natale de Constantine. Elle s'y était rendue pour une dizaine de jours avec son enfant afin d'y retrouver la chaleur de ceux qui les aimaient tous deux d'un amour paisible et sécurisant.

A l'issue de ces vacances vécues dans le bien-être du cocon initial, Odette avait préféré laisser quelque temps son fils à ses parents. C'est donc seule qu'elle avait repris son train pour Alger. Elle allait y retrouver son travail et revoir chaque jour le père de son enfant dans l'attente du miracle auquel désormais plus personne ne feignait de croire.

Après une interminable nuit passée dans l'inconfort et la promiscuité d'un wagon de troisième classe, Odette était enfin de retour à Alger. Dans le trolleybus qui la ramenait chez elle, elle pensait à ce qu'elle allait faire immédiatement en arrivant. D'abord, se laver des pieds à la tête. On ne paraissait jamais bien reluisant après avoir séjourné dans un train tracté par une machine à vapeur surtout si la fenêtre du compartiment était restée ouverte à cause de la chaleur et des odeurs de voisinage. Ensuite, comme elle ne reprenait son travail que le lendemain, elle se rendrait sans attendre à l'hôpital militaire pour y voir son mari. Albert redevenait la priorité de son quotidien. Elle allait pouvoir le lui dire et ajouter que, dorénavant, elle pourrait venir plus souvent et demeurer plus longtemps près de lui. Tout cela défilait dans la tête de cette femme. Elle savait son fils heureux et cela rendait heureuses ses pensées. Plus rassurant encore, elle le savait choyé par ceux pour lesquels il était l'enfant roi. Pensez, le premier et l'unique petit-fils d'une famille qui comptait quatre filles toutes en mal de procréation à l'exception, bien sûr, de la religieuse qui voyait dans cet enfant un cadeau du Bon Dieu.

De retour à son domicile, Odette s'en était tenue au programme qu'elle s'était fixé. Toutefois, avant de se rendre à l'hôpital, elle n'avait pas pu s'empêcher de céder à une imprévisible pulsion de dernière minute. Elle avait soudain ressenti comme une obligation morale, celle d'aller sonner chez ses beaux-parents afin de leur confirmer sa présence à Alger. Pendant son absence, ces derniers avaient probablement dû multiplier les visites à leur fils. Alors, elle eut envie de leur faire savoir qu'étant désormais moins accaparée par son enfant, elle pourrait se consacrer pleinement à son mari.

L'histoire de ma mère voulut qu'elle fît le choix d'écouter sa conscience. S'il en avait été autrement, je ne serais peut-être pas aujourd'hui en quête de mes racines.

Sans trop en avoir envie mais se voulant irréprochable, Odette s'engagea dans la rue Zaatcha, afin d'atteindre le boulevard Bru qu'elle descendit jusqu'au domicile des Choisy. Elle tira la sonnette. On la pria d'entrer. Avant même d'avoir franchi le seuil de la porte, elle s'enquit de l'état d'Albert. Sans même la saluer, ses beaux-parents lui indiquèrent qu'ils étaient précisément sur le point de lui rendre visite et l'invitèrent à les accompagner. Sans attendre, ils se dirigèrent tous les trois vers l'arrêt de trolleybus situé en face du cimetière quelque cent mètres plus bas. A l'exception d'Odette qui tentait d'en savoir plus sur son mari, les deux autres ne décrochaient pas un mot. Ils restaient muets malgré l'insistance de ses questions. Parvenus à l'arrêt du trolley où ils devaient attendre le passage du B à destination de l'hôpital, ma grand-mère invita sa belle-fille à la suivre à l'intérieur du cimetière. Celle-ci s'exécuta, d'abord sans savoir où elle voulait l'entraîner. Déterminée, la mère de son mari marchait devant elle et mon grand-père la suivait dans le silence qu'il convient d'observer en ce lieu. Tout à coup,

Odette se sentit parcourue d'un frisson. Elle se mit à avoir peur, peur de commencer à comprendre ce qu'elle ne pouvait pas imaginer. Elle avançait, blême, les mâchoires serrées, incapable à présent de prononcer un mot.

Au bout d'une allée bordée de cyprès, entre deux imposants caveaux de famille édifiés pour affronter l'éternité, apparut une tombe fraîchement creusée et encore recouverte d'un monticule de terre. Arrivée à sa hauteur, ma grand-mère lui fit face, se signa et marmonna quelques mots inaudibles. Odette s'approcha à son tour et devant l'évidence de l'inimaginable, comprit ce qui s'était passé en son absence.

A la lecture du nom figurant sur la tombe, Odette sentit le sol se dérober sous elle. Ebranlée par un choc d'une violence inouïe, elle eut l'impression de tomber dans le vide. Elle eut cette sensation que l'on a parfois en s'enfonçant dans l'intermittence du sommeil, un sommeil au sortir duquel on est heureux de se retrouver dans le bien-être d'une rassurante réalité. Sa réalité à elle ne se distinguait en rien du cauchemar. Elle s'étalait en lettres d'or sur la couronne déposée par ses beaux-parents au pied de la tombe de son mari, car il s'agissait bien de la tombe de mon père.

C'était une formule hallucinante de perfidie, une formule choisie pour faire mal, une formule qui décida ma mère à arracher sans ménagement une branche de mon arbre généalogique et à faire tout pour que, nos vies durant, elle ne repoussât pas dans ma tête.

Le texte disait : *A notre fils et frère bien-aimé*. Il ne disait rien de plus. A la mort de mon père, les Choisy avaient voulu ignorer de façon ostentatoire l'existence de la femme qui me donna la vie.

Tout cela avait été diaboliquement pensé au même titre que la décision de ne pas informer ma mère du décès de son mari, survenu le surlendemain de son départ pour Constantine. Préméditée aussi, la volonté de la tenir à l'écart de l'enterrement du père de son enfant. Cette succession d'humiliantes bassesses ajoutée à la machiavélique mise en scène du cimetière rendit impossible – au nom de la mère et du fils – la tentation du pardon ou celle de l'oubli.

A la mort de mon père, mes deux familles parentales s'opposèrent irréconciliablement et ne s'harmonisèrent que dans l'existence du petit garçon qui aurait dû les rapprocher et qui pourtant les sépara à jamais.

Pour sa part, ma mère décida de gommer les Choisy de sa mémoire et de tout faire pour les empêcher d'accéder à la mienne. C'est pour cette raison que je suis bien en peine de montrer les défauts ou les qualités de mes origines. A l'invariable question posée par les médecins : "avez-vous des antécédents familiaux ?" je me contente de répondre : "pas à ma connaissance", ce qui nous permet en général de passer très vite à la question suivante.

Aujourd'hui, je me dis que si ma mère avait été recueillie par l'Assistance Publique j'eusse été contraint, faute de figurants, de m'en tenir à la pièce que je joue moi-même et dont j'eusse été le seul acteur.

Bafouée et meurtrie, la jeune femme détruisit toutes les photographies immortalisant la famille Choisy. Elle fit aussi disparaître celles de l'homme qu'elle aimait. Je ne saurai donc jamais si je lui ressemble. Personne ne me l'a dit et ceux qui auraient pu le faire ne sont plus de ce monde. Je n'ai jamais vu non plus le très convoité fusil de chasse à la crosse sculptée et incrustée de nacre lui ayant appartenu, une arme dont j'appris un jour de la bouche de mon grand-père Lassus qu'il avait été convenu de me l'offrir à l'occasion de mes vingt-et-un ans, une arme qui demeure intacte dans mes souvenirs et dont je sais tous les détails pour les avoir imaginés. A l'instar de toutes les pièces à conviction témoignant de ma filiation paternelle, ma mère s'était employée à le faire disparaître comme je m'étais moralement engagé à ne jamais aborder dans nos conversations les sujets bannis de sa mémoire et interdits à son entendement.

C'EST sur les hauteurs d'une ville baignée de soleil et éclaboussée d'azur, une ville construite comme un amphithéâtre autour d'une boucle inachevée de Méditerranée, une ville où, de nos fenêtres et de nos balcons, le regard trouvait toujours à s'étendre jusqu'à ce qui agrandit la vue et la pensée ; c'est à Alger que la mère et le fils vécurent dans l'ignorance des autres un amour sans partage.

Les pages de cette époque occupent intactes mon esprit. Quand je les relis, j'ai plein d'enfance dans mon whisky. L'exquise autarcie de ces années passées seuls ensemble nous enferma dans une sorte de relation égoïste et aveuglante où la règle était de taire tout ce qui n'était pas nous deux.

Le petit garçon vivait avec sa mère dans un modeste logement où il lui semblait que toute son existence devait s'écouler. Il avait la sensation d'évoluer dans une espèce d'univers dont les dimensions suffisent à tous les enfants heureux pour se perdre dans la forêt de leur cœur.

Aujourd'hui, l'homme redevenu gamin par l'alchimie du souvenir le revisite en rêve et en fait un des lieux favoris de ses promenades nostalgiques. Quand il lui arrive de s'y attarder, il ne manque jamais de pousser les persiennes de sa chambre. Il y voit alors apparaître le golfe magnifique qui offre son immensité à Alger la blanche. C'est l'image d'une mer bleue que ne ride point le vent, une mer ensoleillée qui se perd à l'horizon sur une pâle ligne d'argent qui la sépare du ciel et au-delà de laquelle il imaginait, quand il était gosse, le pays raconté avec amour aux petits pieds-noirs et aux petits Arabes, une Patrie nommée France dont ils se croyaient à jamais les enfants.

C'est à cette époque que le petit garçon d'Odette s'était senti devenir un fils à perpétuité.

Aujourd'hui, il sait combien il n'est pas convenable et même contre nature de revendiquer une si condamnable singularité surtout quand le temps est venu de cultiver l'art d'être grand-père. Il en a un peu honte mais n'y peut rien changer.

Le temps dura quatre années pendant lesquelles sa mère lui consacra toutes les inspirations et toutes les respirations de sa vie, quatre années pendant lesquelles cette femme ne vécut que pour lui.

Quand je lui prenais la tête entre les mains et lui disais en la fixant dans les yeux : "je veux que tu n'aimes et ne regardes que moi," les autres n'existaient pas. Mon identité était dans ses jupes. Mon identité était contre sa peau. J'aimais sa peau jeune et lisse, son parfum, les grâces de sa tendresse. Je sentais à son contact la douceur, la chaleur de l'inexprimé. J'aimais sa chair comme elle aimait la mienne. Je préférais ses baisers à sa bonté. Je ne me lassais pas des promesses qu'elle me faisait de m'en donner encore, de m'en donner toujours.

Le matin, quand elle partait au travail, elle me confiait à madame Garcia la concierge. C'était un au revoir mouillé que seule ensoleillait la promesse de m'étreindre très fort à son retour. C'est alors que nos habitudes tournaient à la passion. C'est alors que mes habitudes tournaient à l'obsession.

Le soir, lorsqu'elle revenait, elle me serrait sur sa poitrine. Je devenais alors une excroissance de sa chair. Elle me murmurait des mots doux et me couvrait de baisers. Dans ces moments, elle pouvait me consoler de tout.

Une fois couché et les lumières éteintes, la peur de perdre ma mère était au creux de mon oreiller. Cette peur me reprenait chaque soir comme une idée fixe, comme un cauchemar que l'on fait éveillé et qui nous terrifie. Avant de m'endormir, je demandais au Petit Jésus et à la Sainte Vierge de me garder ma maman en vie, en échange de quoi je promettais d'être sage. Candide en ce temps-là, je tenais mes promesses.

Le dimanche après-midi, lorsque la jeune femme se promenait avec son fils sous les palmiers géants du jardin d'Essai, on la regardait. Elle ne demandait rien de plus que de pouvoir montrer à la terre entière ce qu'elle possédait de plus précieux. L'enfant que j'étais n'en souhaitait pas davantage. Il était heureux de vivre avec sa mère dans une confiance immense, une sorte d'amitié féerique où il se sentait unique et irremplaçable.

En plus de l'amour démesuré qu'elle me portait, je sentais bien que cette femme comptait sur moi pour la dédommager de ses déceptions, de ses manques à vivre. De plus, elle semblait ravie que je fusse un garçon tant elle n'aimait pas les filles qui ressemblaient aux filles soumises et programmées de son temps. Grâce à moi, elle pouvait se passer de la présence d'un homme. J'étais l'homme de sa vie et j'aimais cette situation. Je ressentais déjà la responsabilité virile de veiller sur son bonheur. Je n'aurais pas supporté de la partager ni même de la prêter à un individu du sexe prétendu fort.

Ces années pendant lesquelles nous vécûmes dans l'amour et la contemplation de l'autre furent déterminantes pour moi. Elles marquèrent pour toujours l'adulte que j'allais devenir plus tard. Tout au long de ma vie sentimentale, je n'ai jamais cessé de vouloir reproduire cet amour idéalisé, cet égoïsme à deux vécu au sein d'un enfermement où les regards portés sur l'extérieur par l'un étaient immédiatement perçus par l'autre comme une insupportable velléité d'attenter à l'intégrité de l'impartageable.

Au nom de la mère, je n'ai fait que rechercher un amour semblable à celui-là, un amour que l'on ne trahit jamais, un amour que l'on ne renie jamais, un amour que l'on n'oublie jamais, un amour synonyme d'éternité ; un amour que l'on retrouverait dans l'autre monde si ce monde existait.

Comme Sisyphe poussant inlassablement son rocher, je n'ai jamais désespéré de l'improbable rencontre sur terre ou dans l'utopie d'une femme qui serait pour moi vierge et sans passé, une femme qui ne vivrait que dans le culte de notre histoire d'amour et dans l'amnésie de toutes les autres. Cette quête désespérée m'a sans cesse renvoyé aux femmes qui me ressemblent, à celles que j'ai aimées et prises avec rage et fureur tout en leur reprochant notre similitude.

Arriva le jour où ma mère commença à me faire garder le soir. Je ne comprenais pas pourquoi. La réalité se prénommait André et s'employait à me voler la femme qui n'aimait que moi.

Le jeune homme, de quatre ans son cadet, était venu du Nord ou plus précisément du Pas-de-Calais. Engagé volontaire à la veille de la guerre, il avait dans un premier temps été envoyé à Damas et plus tard à Beyrouth où la France continuait d'être prépondérante. Puis, ne pouvant retrouver sa Patrie désormais occupée, et dans la perspective de rallier de Gaulle en Angleterre, André avait échoué dans un bureau de l'Intendance militaire à Alger, le même que celui où tentait de gagner sa vie et celle de son enfant la jeune veuve à laquelle il devait consacrer son existence.

C'est à partir de là qu'il me fallut partager la femme que je voulais pour moi tout seul. C'est à partir de là que rien ne changea mais que tout fut différent.

Comme tous les gens du Nord, ceux qui jouissent d'un a priori de sincérité du seul fait de taire ou de ne pas trop montrer leurs sentiments, André ne fut jamais l'homme des grandes déclarations et encore moins celui des grandes effusions. A l'inverse des gens du pays d'où je viens, de ceux pour lesquels il est vital de se sentir aimés et insupportable de ne pas se l'entendre dire en public ou murmurer à l'oreille, cet homme était d'une pudeur rare et d'une singulière sobriété affective.

Beau, jeune et vierge d'expérience conjugale, André épousa celle qu'il ne quittera plus jusqu'au bout de la vie.

C'est par amour pour cette femme qu'il accepta de se substituer au père que je n'avais plus.

C'est par amour pour elle qu'il se fit le complice de son entêtement à me déposséder de mon identité.

C'est aussi par amour pour ma mère qu'il me prêta son nom pendant plusieurs années sans imaginer un instant qu'il signait par là même la seconde mort de l'homme dont je tente aujourd'hui de retrouver la trace.

Je garde en mémoire la gaieté et les éclats de rire d'une petite fête entre collègues de travail, une petite fête qu'ils organisèrent à l'occasion de leurs épousailles. Je me souviens d'avoir été le centre d'intérêt de la soirée. Cela m'avait comblé. Après un repas bien arrosé, nous étions tous allés nous promener dans le bois de Boulogne, celui d'Alger bien entendu. Comme j'étais le seul enfant, chacun à tour de rôle m'avait porté sur ses épaules. Le vin faisait tourner les têtes et les petits chemins résonnaient des accents de la Madelon et autres chansons à boire que j'entendais pour la première fois. Bien longtemps après, ces refrains restent indissociables des secondes noces de ma mère et de sa joie de vivre retrouvée. Le petit garçon que j'étais ne se doutait pas alors que sa vie était en train de changer.

C'était au temps où le veuvage d'une femme convenable devait s'installer dans la durée afin de montrer à tous l'attachement de l'infortunée à la mémoire de son défunt mari. Certaines veuves s'obligeaient même à le rester jusqu'au terme de leur décrépitude, ainsi cette farouche détermination leur conférait à jamais l'indiscutable respectabilité dont jouissaient les épouses demeurées fidèles en toutes circonstances.

Après avoir désapprouvé son mariage avec Albert, les Choisy eussent aimé que leur bru ne se remariât pas, ou alors qu'elle le fît bien plus tard et surtout loin du petit cimetière d'Alger où reposait leur fils.

Le fait que cette femme sans scrupules se soit vite consolée, et presque sous leurs yeux, les fit définitivement renoncer à toute tentative de réconciliation. Odette était désormais devenue pour ces gens une petite oublieuse faisant montre d'une insoutenable ingratitude.

L'enfant que j'étais devint alors une espèce de témoin que les familles se passaient sans s'adresser la parole ni même se rencontrer.

Tout comme ceux d'aujourd'hui, les grands-parents de l'époque pouvaient revendiquer le droit de voir leurs petits-enfants, un droit que les miens ne manquèrent pas de vouloir exercer. Il n'avait pas été facile de trouver un terrain d'entente car chacun refusait de communiquer avec ce que l'on aurait pu appeler la partie adverse.

Un scénario à la limite du burlesque avait été pensé et orchestré par la grand-mère Choisy afin de lui permettre de voir son petit-fils sans jamais croiser le regard de son ex-belle-fille. Perçue dans un premier temps comme une veuve trop vite consolée, cette dernière était devenue infréquentable depuis son remariage avec André.

Minutieusement réglé, le cérémonial de "passation d'enfant" était toujours le même. Il ne souffrait ni écart ni improvisation. Le jeudi matin, accompagnée de son petit garçon, Odette se présentait au domicile des Choisy où ne vivait plus désormais que ma grand-mère. Mon grand-père, quant à lui, était décédé peu de temps après ma venue au monde ce qui lui avait évité de voir jusqu'où pouvait aller une femme dans la désinvolture.

Ma grand-mère continuait d'habiter le même petit immeuble du boulevard Bru situé en face du cimetière. C'est au milieu des reliques de son passé et sous le portrait de son défunt mari que la dame esseulée vivait dans le souvenir et dans l'attente du jeudi.

Ce jour-là, me tenant par la main, ma mère montait au deuxième étage, sonnait chez son ex-belle-mère et attendait que celle-ci manifestât sa présence par un oui lancé à voix haute de l'autre côté de la porte. A ce signal, Odette m'abandonnait sur le palier et disparaissait comme une voleuse dans les escaliers. C'est alors que la porte s'ouvrait et que cette femme que je connaissais à peine, que je trouvais très vieille bien qu'elle ne le fût pas, me prenait dans ses bras et m'entraînait chez elle en ayant bien pris soin de refermer à clef. Après s'être assurée que je n'étais plus sur le palier, ma mère se rendait à son bureau. Elle y vivait sa journée dans l'impatience de me retrouver le soir. Elle avait hâte de me serrer dans ses bras, de m'embrasser et de me câliner encore plus que les autres jours, un peu pour se faire pardonner de m'avoir tant manqué. Dans ces moments de retrouvailles, elle devait sentir chez moi comme un impérieux besoin de vérifier notre amour.

Sur le coup de six heures, elle venait me rechercher. Le cérémonial était le même. Odette sonnait et attendait le oui de ma grand-mère. Après quoi, elle descendait quelques marches afin de laisser le champ libre. C'est alors que madame veuve Choisy me poussait gentiment sur le palier et refermait sa porte en y collant l'oreille pour entendre éclater la joie d'une mère retrouvant son enfant.

Quand nous étions seuls, ce qui était le cas tous les jeudis, ma grand-mère me parlait sans cesse du portrait, ou plutôt de l'homme du portrait. Pour moi, il s'agissait d'un vieux monsieur à l'œil sévère et à la moustache autoritaire, un vieux monsieur dont elle disait qu'il était mon grand-père. J'écoutais sagement mais je ne comprenais pas tout ce qu'elle me racontait. Dans ma tête de gosse, les choses étaient bien plus simples ; je n'avais qu'un grand-père, celui de Constantine, celui qui me faisait sauter sur ses genoux en me disant des mots qui me donnaient envie de l'embrasser.

De ces jeudis un peu particuliers persistent au fond de moi d'étonnants souvenirs, des souvenirs que l'inconscient choisit de retenir, des souvenirs dont on se demande pourquoi la mémoire les a un jour à d'autres préférés.

Ce dont je me souviens avant tout, c'est de l'odeur qui me saisissait en entrant dans l'appartement de ma grand-mère. Pour l'enfant que j'étais, cette odeur était celle de la vieillesse. Peut-être s'agissait-il en vérité de ces senteurs de thym, de propre, de lavande et de verbe d'antan qui flottent chez les vieux que chante si bien Jacques Brel, mais ce dont je suis sûr c'est que cette odeur n'était pas celle de la vie. L'odeur de la vie, je la respirais le soir en retrouvant ma mère et pendant les vacances chez mes grands-parents de Constantine. L'odeur de la vie, je la retrouvais dans tous les lieux de vie, c'est-à-dire partout où l'on conjuguait l'existence au présent.

Si les enfants perçoivent avec plus d'acuité des odeurs qu'il arrive aux adultes d'ignorer, il en est de même lorsqu'il s'agit d'images.

Je garde ainsi présente à l'esprit la récurrente vision des "waters" de ma grand-mère Choisy. Depuis l'enfance, il ne m'est pas possible de me remémorer l'appartement du boulevard Bru sans que me saute aux yeux la cuvette des wc. Elle était culottée d'un noir définitif, un noir qui, au-delà de révéler une désespérante pénurie de bonne volonté et de poudre à récurer, ajoutait aux signes ostentatoires d'un deuil résigné, un deuil auquel aucune pièce n'avait pu échapper. C'est la vision de cette cuvette qui m'a conduit à devenir un véritable obsédé de l'éponge et de la balayette. C'est aussi la résurgence de ce souvenir qui me pousse à tout faire pour que n'apparaissent pas trop tôt dans ma maison les signes avant-coureurs du renoncement et une odeur de suranné que je serais le seul à ne pas percevoir.

Des années qui suivirent le remariage d'Odette, les premières furent douces à l'enfant que j'étais. Elles le sont encore à la mémoire de celui que je redeviens en écrivant ces lignes.

Bien qu'elle eût désormais un autre homme dans sa vie, pour moi ma mère était toujours la même. Notre quotidien n'avait pas changé. Il continuait de s'inscrire dans la possession jalouse et sans partage du cœur et du regard de l'autre. C'est pour cette raison que j'aime cette part de passé dont je demeure à jamais dépendant.

André était reparti faire la guerre aux Allemands. Il nous avait laissés seuls dans l'attente de son retour. Odette avait mis à profit l'absence de son mari pour l'installer dans mes pensées et pour tenter de me le faire aimer. Elle voulait me voir renaître au sein d'une famille rassurante, une famille où elle continuerait de jouer son rôle de mère, et son compagnon celui d'un père de substitution capable d'occulter la vérité de ma naissance. Pour cela, il fallait qu'André entrât dans ma tête et surtout que mon cœur d'enfant lui ouvrît les bras. Au fil des jours, Odette s'employa à me faire espérer le retour de l'homme qu'elle avait choisi pour l'aider à gommer mes racines et à faire de son fils un enfant né de père volontairement oublié.

Chaque soir, lorsque ma mère ouvrait sa boîte aux lettres, elle s'arrangeait toujours pour que je sois près d'elle. Elle faisait alors mine de s'étonner d'y découvrir une nouvelle carte postale. Plus personnelles et plus attendrissantes les unes que les autres, ces missives m'étaient chaque jour adressées par celui qui, à grand renfort de belles images et d'assiduité, s'employait à me mettre en confiance et à m'apprivoiser par correspondance.

Ces cartes faisaient mouche à chaque fois. Avant que je m'endorme, ma mère me les lisait. Elle le faisait dans la tonalité qui séduit l'oreille des enfants qui ont besoin de se sentir aimés. Je mettais dans mes réponses toute la naïveté et la candeur des gosses de cette époque, et Dieu sait s'ils n'en manquaient pas. Je disais à cet homme tout l'amour que j'étais prêt à lui donner, tous les sacrifices que j'accepterais pour qu'il revienne très vite. Ce que je lui écrivais semblait tellement faire plaisir à ma mère qu'il m'arrivait même d'exagérer un peu. Pour moi, mais je n'en étais pas conscient, l'important était que cet homme demeurât une entité abstraite, une entité qui ne m'imposerait pas l' impossible partage.

La solitude à deux ne dura que le temps de la guerre. Pendant cette période, le père providentiel ne fut pas suffisamment présent pour parvenir à se glisser dans l'intimité de la mère et du fils. A peine débarqué pour vivre une courte permission, André devait vite repartir. Il lui fallait regagner la réalité des événements historiques et par là même le monde virtuel dans lequel je le mythifiais. C'est là qu'il redevenait à mes yeux une espèce de vue de l'esprit à laquelle le gamin que j'étais voulait bien accepter de faire quelques concessions.

LE jour où la concierge de l'immeuble lui ramena son fils une valise à la main, Odette prit le parti d'en rire. Le gamin, lui, ne riait pas. Il voulait absolument quitter sa maman. Il avait décidé de retourner à Constantine chez ses grands-parents. Brutalement privé de son statut de fils unique, il souhaitait retrouver ses privilèges d'enfant roi. Il avait pourtant été préparé à cette naissance. Pendant plusieurs mois, cette perspective lui avait fait plaisir. Il avait été heureux à l'idée d'avoir un petit frère ou une petite sœur, il avait été heureux tout le temps que le bébé était resté en gestation dans le ventre de sa mère et surtout idéalisé dans la virtualité de son imaginaire.

Comme il fallait s'y attendre, l'heure était arrivée où la réalité avait largement contrarié la fiction. Quand on a été fils unique pendant près de huit ans et, dans la même période, l'unique amour d'une femme comme le centre d'intérêt de toute une famille, quand on a été tout cela durant si longtemps et que l'on est encore un petit garçon, on ne peut pas s'empêcher de se vouloir unique pour le reste de sa vie. Il arrive alors qu'on fasse n'importe quoi – y compris sa valise – pour tenter d'attirer l'attention afin que chacun sache combien il est insupportable de ne pas le rester.

On dit beaucoup de mal des enfants uniques. On les taxe d'égoïsme féroce. On dit d'eux qu'ils ont tendance à se préoccuper avant tout de leur plaisir sans se soucier de celui des autres. Je ne crois pas que cela soit vrai. Je fus pendant huit ans l'un de ces singuliers gamins bien souvent décriés. C'est à ce titre que je m'inscris en faux lorsque j'entends tenir de tels propos. A l'inverse de ce qui se passe dans les familles nombreuses où l'on ne trouve jamais le temps de penser, l'imagination de l'enfant solitaire l'entraîne vers l'abstrait et lui confère une profondeur d'esprit, une dimension métaphysique qui le rend plus sensible tout en le tenant à l'écart des jeux brutaux comme de la vaine agitation des cours de récréation où la raison du plus fort est toujours la meilleure, des cours de récréation et autres lieux de rassemblement, de culte et de grand-messe où les intelligences individuelles se diluent souvent dans la bêtise collective.

En ce matin d'avril mil neuf cent quarante-quatre, Odette donnait la vie à son deuxième garçon tandis que dans le même temps son premier bouclait sa valise afin de fuir l'insupportable partage auquel il était désormais condamné. Ce second événement que chacun s'était empressé de tourner en dérision n'était pas aussi anodin qu'il pouvait le paraître. Pour le fils unique, qui ne l'était plus, ce baroud d'honneur dénonçait la perte inacceptable de ses privilèges. Il marquait ainsi la rupture d'une relation impartageable, une relation à la limite de l'équivoque, une relation presque oedipienne vécue dans la confusion des sentiments et dans les jupes d'une mère aussi farouchement protectrice que jalousement interdite aux autres.

Ce jour-là, l'enfant avait choisi de fuir l'infidélité de l'être aimé comme il le fit tout au long de son existence en gardant de chaque expérience quelques cicatrices et bien des bleus à l'âme.

Après m'avoir fait don de sa vie pendant les plus belles années de mon enfance, je veux dire les années qui font de nous ce que nous devenons pour toujours, après m'avoir rendu dépendant de ses baisers et de ses mots d'amour au point d'aller en implorer encore et toujours auprès de tout ce qui portait jupon lorsque je suffoquais d'en être privé, après m'avoir fait croire que nous deux ce serait pour l'éternité, ma mère avait-elle le droit de me désenchanter ? Je ne l'imaginais pas. Elle le fit pourtant à mon cœur défendant.

La raison invoquée fut mon travail en classe, ou plus précisément mes difficultés à rivaliser avec les forts en thème.

Après avoir été pendant plus de huit ans un enfant adulé, je devins brutalement un livret scolaire. A partir de quoi, toutes mes mauvaises notes furent autant d'alibis destinés à changer ma vie et à m'éloigner d'une enfance dans laquelle j'aurais bien aimé m'attarder encore un peu.

Odette avait désormais d'autres chats à fouetter et d'autres gamins à aimer. De plus, j'avais été déclaré apte à devenir un homme. Cette métamorphose devait passer par la rupture du cordon ombilical et les délices de la vie en collectivité. Cela me valut des séjours prolongés dans des lieux d'épanouissement du corps et de l'esprit, des lieux que l'on nomme pensionnat, caserne ou colonie de vacances et dont on ne sort jamais tout à fait guéri de la cruauté des autres.

Je ne parlerai plus jamais d'elle au présent. Elle est morte ce matin. C'est une étrangère, probablement une aide-soignante, qui a recueilli son dernier soupir, son dernier silence. En perdant ma mère, j'ai perdu le dernier lien avec le monde dont je suis issu.

Aujourd'hui à Bordeaux le ciel est couvert, pourtant le soleil se lève : c'est ma conscience qui me rend visite. Alors, s'éclaire dans ma tête un espace que j'appelle le passé et qui devient le théâtre de sa vie.

"Votre maman s'est éteinte dans la matinée, il était environ dix heures trente," puis la voix anonyme et compassée d'ajouter : "Vous savez, elle ne s'est pas vue partir." Surprenant besoin que celui de vouloir rassurer les vivants par le préjugé répandu qu'il vaut mieux quitter ce monde sans en être conscient. Moi, je pense que c'est elle qui a décidé de son heure. Je pense aussi que ce sont souvent les morts eux-mêmes qui choisissent le moment de leur départ, un peu comme pour déterminer le degré de remords que l'on éprouvera après qu'ils seront partis, le degré de remords qui fixera le temps d'oubli ou de mémoire, imaginé par eux, pour chacun d'entre nous. C'est un peu comme vouloir renoncer au monde en implorant le monde de ne pas renoncer à soi. Certains êtres, à l'image de ma mère, se reprennent comme ils se sont donnés, par un choix aussi inattendu qu'inexplicable et ce choix nous apparaît s'inscrire, après leur disparition, dans la plus pure logique de leur caractère.

C'est dans ce même hôpital, celui duquel je l'avais soustraite quelques semaines plus tôt, qu'on l'avait ramenée pour la laisser mourir en toute liberté cette fois, sans être attachée.

A l'annonce de son décès, je n'ai pas bien compris si j'étais malheureux ou délivré de quelque chose comme elle l'était maintenant de la vie.

Parfois, nous croyons être affligés par la mort de quelqu'un quand c'est surtout la mort qui nous impressionne par son image grossie et effrayante.

Christian Bobin prétend que l'on écrit, non pas pour être lu, mais pour chercher la part manquante qui manque à tout amour. Faut-il que celui de ma mère m'ait été essentiel pour qu'en ce jeudi du mois d'août mil neuf cent quatre-vingt-dix-sept, sa quête désespérée occupe seule mes pensées. Faut-il qu'il ait été profond pour que se chargent d'une émotion si forte les mots qui tentent de le ressusciter. Pour les faire vibrer, je trempe ma plume dans la vie de çette femme au point qu'écrire devient un acte d'amour, une sorte de respiration que désormais seul mon cœur pourra entendre.

Je vais continuer d'écrire sur ma mère. Je vais continuer de le faire afin que ne soit pas trop vite gommée par l'usure du temps l'épitaphe d'une femme sans intérêt pour la postérité mais une femme que je veux faire revivre dans la mémoire de ceux qui l'ont aimée. En évoquant ceux-là, je pense à ma sœur, bien sûr, mais surtout à ce frère en apparence si différent de moi, ce frère dont je sais avec certitude à quel point nous nous rejoignons par elle et pour elle dans les profondeurs de ce que nous sommes vraiment. Je sais aussi que cette femme emportera dans la tombe l'histoire de ce père que je n'ai pas connu et qui continuera de hanter mon imaginaire. A présent, ni les photographies, ni les souvenirs, ni les témoignages de la famille ne me révèleront la vérité que je cherche. Je ne pourrai plus désormais accéder à cette vérité que par les mots qui me viendront de mes rêves ou de mes frustrations. A compter de ce jour, je suis condamné à oublier ou à inventer ce que je ne saurai jamais.

Je vais continuer d'écrire le livre qui me fait renaître au fil de ses pages et qui rend éternels les moments où je pense à la femme qui vient de me quitter. Je vais continuer de l'écrire lentement comme pour le faire durer, comme pour continuer d'avoir chaque jour rendez-vous avec elle. Et puis, il me faut aussi l'avouer, parce que je passe beaucoup de temps à m'interroger sur l'ordre des choses à exprimer, le choix des mots pour les dire, un peu comme s'il existait un ordre et un vocabulaire idéals seuls capables de rendre la vérité de la mère et du fils et surtout de ce qu'ils furent l'un pour l'autre tout au long de leur vie.

Il nous fut permis de la voir une dernière fois, une toute dernière fois avant de la conduire à sa dernière demeure. Il nous fut permis de la voir une dernière fois avant qu'on la transportât dans la maison de Dieu, la seule autorisée à lui délivrer le très officiel laissez-passer permettant d'accéder à une paradisiaque éternité ; la maison de Dieu où la prestation d'un abbé machinal dépêchant son absoute peut parfois inciter certains hommes dont je suis à douter de l'existence du maître de céans.

Elle était recouverte d'un drap jusqu'aux épaules. Les mains cachées, celle qui avait été l'image de la vie ressemblait à une petite momie. Transfigurée par la mort, je la découvrais alors qu'elle n'était plus. Le passé m'explosait à la figure. J'avais l'impression qu'elle me transmettait ses états d'âme. J'avais aussi l'impression qu'elle s'adressait directement à mon cœur. Elle lui reprochait l'ambivalence de ses sentiments à l'égard de la vieille femme qu'elle était devenue sur la fin de sa vie. Elle lui reprochait de l'avoir trop longtemps délaissée.

Je regardai de près ce visage figé, ces paupières à jamais refermées devant les yeux dans lesquels j'avais appris à lire la vérité de l'amour, des yeux dans lesquels je ne lirai plus rien. Je posai machinalement mes lèvres sur la lividité blanchâtre de ce front glacé en prenant pour la première fois conscience que ma mère était morte. Je savais qu'à partir de cet instant, elle ne serait plus que le jeu triste de ma mémoire et de mon imagination.

Maintenant que ma mère a quitté ce monde, je voudrais ne rien apprendre de plus sur elle que ce que je savais du temps qu'elle vivait. Je veux que son image tende à redevenir celle que j'avais d'elle dans ma petite enfance, l'image qui pourrait illustrer la couverture de ce livre, la couverture du livre que je lui dois.

Nous nous sommes retrouvés dans une petite église de quartier pour l'office religieux. Bien qu'elle eût toujours choisi d'éviter d'en parler, Odette était croyante. Ses enfants le savaient. Ils pensaient tous les trois qu'il eût été sacrilège de la conduire au cimetière privée de l'ostentatoire bénédiction publique qui lui permettrait de se présenter devant Dieu totalement blanchie de ses erreurs humaines.

Sans requiem ni grandes orgues, la dernière messe de cette femme n'eut rien du faste et de la magnificence des cérémonies qui flattent la vanité des vivants bien plus qu'elles ne se préoccupent du devenir des âmes.

Après la célébration du culte, le prêtre s'est avancé vers nous. Il s'est mis à parler de la souffrance de Jésus, de la miséricorde de Dieu, de la vie éternelle et de la résurrection de notre sœur. Les images qui s'imposaient alors à mes pensées n'avaient rien de céleste ou de métaphysique. Elles étaient en mouvement comme celles d'un kaléidoscope. Elles étaient les images de la vie d'une femme sur cette terre qui – comme le dit Prévert – est parfois si jolie surtout quand ceux qu'on aime sont encore de ce monde.

Le prêtre a éteint les cierges de chaque côté du cercueil, signe que la cérémonie était finie. Nous sommes tous sortis de l'église et nous sommes remontés dans nos voitures respectives afin de pouvoir suivre celle des pompes funèbres conduisant notre mère vers la dernière station de son chemin de vie.

Sauf à être dans l'espoir d'avoir un jour son nom dans le petit Larousse ou dans la certitude de le savoir déjà dans le Bottin mondain, bref, sauf à être un grand mort du temps de son vivant, on doit se sentir bien seul sur le chemin de rien surtout lorsque l'on meurt loin de sa terre natale amputé des racines que l'on y a laissées.

Il n'y avait pas grand monde à suivre le corbillard. En vérité, il n'y avait que son vieux compagnon de vie, ses trois enfants, leurs conjoints du moment, et les petits-enfants qui avaient bien voulu faire le déplacement. Il n'y avait pas l'ombre d'un ami de toujours ou d'un parent de temps en temps. Il n'y avait aucun de ces fidèles que l'on retrouve en toutes grandes occasions, celles des baptêmes, des mariages, et aussi celles des enterrements. Il n'y avait personne de ceux dont nous savons qu'ils viendront un jour s'étendre auprès de nous pour vivre l'éternité dans l'allée de cyprès du même lopin de terre, ce lieu de mémoire collective à l'ombre du clocher de notre enfance, là où nous attendent déjà ceux de nos proches auxquels Dieu, par caprice, nous pria un jour de céder le pas.

Odette était née ailleurs. Elle était une immigrée dans son propre pays. Elle avait vécu trop longtemps là-bas. Elle avait vécu trop longtemps sur l'autre rivage de la Méditerranée. Elle était venue à Cannes pour le soleil et seulement pour lui. Il était le même qu'en face et lui seul l'avait attirée dans cette ville artificielle où la chaleur dominante est rarement humaine. Il faut dire qu'elle avait beaucoup souffert avant de pouvoir se fixer sur la Côte d'Azur. Dans un premier temps, une sentence de l'Histoire l'avait reléguée dans le Cher, à St-Amand-Montrond, au centre de l'Hexagone. C'est là qu'elle avait failli mourir d'ennui et de morosité.

Elle ne s'habituait pas à vivre au ras des jours dans cette sous-préfecture où il ne se passait jamais rien. L'après-midi, elle marchait sous la pluie, droit devant elle, sans but précis. Déprimée, elle rentrait le visage fermé et demeurait longtemps silencieuse. La répétition obligée de tout dans une vie sans emploi et sans enthousiasme, l'agacement de n'avoir pour voisins que des hommes et des femmes sans gaieté apparente, sans la moindre touche d'exubérance, ajoutaient à la tristesse des petits matins blêmes dans un paysage aux couleurs confondues par trop de discrétion. Ici, comme aimaient à le dire en riant les gens de son pays, le soleil ne faisait que tomber en morceaux. Certains prétendaient même que les âmes chagrines pouvaient parfois entendre, en même temps que la pluie, s'égrener quelques notes désespérément tristes d'une musique de Satie.

Depuis son arrivée en France, Odette se sentait la fille d'une défaite. Elle souffrait du mal de tout un peuple. Elle avait l'impression d'être marquée du péché d'origine. Elle souffrait de sa “podo-négritude” et n’aimait pas beaucoup en parler. Elle préférait laisser croire qu’elle était née dans le Midi. Quand son accent la trahissait, elle se mettait à en rire et changeait bien vite de sujet pour ne pas avoir à en pleurer.

Au fond de son cœur, c’était une toute autre affaire. Elle avait la nostalgie des gens du Sud qu’elle avait aimés, des villes où elle avait joui de sa jeunesse à la façon de son pays, des rivages sur lesquels elle avait reconduit ses rêves jusqu’à ne plus avoir le droit de les vivre ni même de les rêver. Rien n’est plus fort que ce qui lie les hommes au cœur des bourrasques même lorsque le vent qui souffle est celui de l’Histoire. Il n’y a que les âmes sombres et versatiles des traîtres et des opportunistes qui sachent se débarrasser de ces chères obsessions.

Après longtemps de patience, de mal-être puis de résignation, le miracle s’était enfin accompli. André avait été muté au bord de la grande bleue. Comme Odette n’avait plus assez de temps pour se donner l’illusion d’une nouvelle histoire à écrire et qu’il était trop tard pour vivre une autre vie, elle s’était contentée d’épuiser le champ du possible, celui d’un présent inespéré dans lequel elle avait voulu profiter pleinement de ce qu'elle avait pu sauver d'un passé désormais confisqué : le soleil de son pays et l'amour de ses proches.

Après l'inhumation, ma sœur avait prévu de réunir la famille, chez elle, autour d'un déjeuner. Ce repas ne fut en rien un moment triste. Nous y avons évoqué le temps qui passe trop vite, les enfants qui grandissent et nous quittent. Nous avons parlé de nos vies, de nos préoccupations ; nous avons aussi parlé de tout et de rien, des uns et des autres mais nous avons très peu parlé d'elle. Tout le monde avait le sentiment qu'il était mieux qu'elle soit partie ainsi plutôt que de devoir continuer à vivre dans un état de dépendance qu'elle n'aurait pas supporté. Chacun ressentait cela mais personne n'osait ou ne voulait aborder le sujet. Et puis, il y avait autre chose dans le non-dit qui occupait les esprits, quelque chose de dérangeant parce qu'inavouable. Je reste persuadé que nous avions tous la même arrière-pensée, une de celles qu'il n'est pas pensable d'exprimer en famille surtout dans un moment comme celui-là.

Depuis qu'elle avait élu domicile sur la Côte d'Azur, Odette avait cédé à la tentation du jeu et de l'argent facile qu'il fait miroiter. Les champs de course et le beau monde qu'on y côtoie exerçaient sur elle une vraie fascination. De plus en plus isolée dans une conjugalité lourde de reproches inexprimés et de silences accusateurs, cette femme avait décidé de se ménager une issue de secours ouvrant sur un monde dans lequel il lui serait encore permis de rêver, un monde un peu virtuel dans lequel elle décida de mener une sorte de double vie étourdissante, susceptible de lui faire oublier l'ennui de ces jours et de ces soirées où seule la télévision avait encore le pouvoir de la rapprocher de son vieux compagnon. Le petit écran faisait office de cheminée, les images y crépitaient et le couple de trop longtemps était irradié par le meilleur et par le pire. Avec des rides en plus et de l'amour en moins, ces deux-là continuaient de développer des dons étonnants dans l'art de ne plus rien se dire.

Odette s'était mise à jouer le rôle, immortalisé à l'écran, de la vieille dame indigne, celle qui décida sur un coup de tête d'occuper les dernières années de son existence à se faire plaisir et à ne plus vivre que pour elle-même. Fallait-il en rire ou fallait-il en pleurer ? comme s'interroge l'auteur de la chanson du film ; nous ne le savions pas mais le sentiment de la famille était plutôt qu'il serait bon de s'en émouvoir, surtout dans les moments où sa passion grandissante pour les courses poussait notre mère aux confins du raisonnable des gens de sa condition.

Deux ou trois après-midi par semaine, dans le plus grand secret, la vieille dame se rendait à pied jusqu'à la gare de Cannes où elle prenait un train en direction de Nice. A l'instar de Perette en partance pour le marché avec son pot au lait, Odette allait à Cagnes-sur-Mer pour tenter d'y croiser la chance de sa vie, celle qui la rendrait riche comme le gratin à chapeau et à particule des tribunes chics du célèbre hippodrome de la Côte d'Azur. Comme l'héroïne de la fable, elle était animée d'une immense espérance, celle de démentir le destin programmé de ses lendemains. Elle voulait faire un "gros coup" et revenir le soir avec beaucoup d'argent. Elle se voyait déjà le distribuer à ses enfants qui ne lui demandaient rien mais qui auraient bien aimé percer le mystère de son emploi du temps.

Comme depuis toujours l'espoir fait plus de dupes que la lucidité, Odette rentrait bredouille au bercail. Le front bas, le visage verrouillé, elle ne disait pas un mot à son compagnon qui ne lui parlait pas non plus. Calée dans son fauteuil, elle s'enfermait alors dans l'étude approfondie de Paris Turf et de Tiercé Magazine où elle voyait, sans aucun doute, pour le surlendemain : *Belle-de-Mai* gagnante dans la cinquième, à condition bien sûr qu'elle soit montée par Yves Saint-Martin.

Craignant de ne plus être aimée pour elle-même, cette femme espérait l'être pour ce qu'elle donnerait. Comme elle n'avait pas le premier sou d'un patrimoine à laisser entrevoir, elle espérait de ses enfants des remerciements qui ne fussent pas post-mortem. Elle rêvait de pouvoir lire de son vivant, dans le regard de sa progéniture, de la gratitude qu'elle aurait prise pour de l'amour.

Dispendieuse par insouciance et généreuse par ostentation, Odette ne tomba jamais dans cette maladie des octogénaires, l'avarice, effet de l'impotence et de la peur de mourir. Jusqu'à la fin de ses jours, elle demeura d'une générosité sans retenue et distribua sans compter l'argent qu'elle rêvait d'avoir et celui qui lui brûlait les doigts.

Sa mort dissipa les doutes et les arrière-pensées de la famille. Après qu'elle fut partie, on ne trouva dans ses tiroirs ni dettes ni impayés mais quelques mots d'enfant maladroitement écrits sur des cahiers scolaires, et aussi quelques dessins naïfs qui disaient, avec l'incomparable sincérité des tout-petits, l'amour qu'ils portaient à leur grand-mère.

Maintenant qu'elle nous a quittés, ses défauts m'attendrissent bien plus qu'ils ne me gênent. Non seulement je me garde de juger la femme qu'elle a été mais j'ai envie de dire, par-dessus les barrières de la morale des autres, combien je la comprends. Lorsque je pense à elle, je me pose toujours la même et lancinante question, une question à laquelle je ne peux apporter aucune autre réponse que celle qui m'est dictée par mon hérédité : peut-on vivre sans jouer ? Odette ne le pouvait pas. En écrivant cela, je prends la mesure de notre identité. J'ai l'intime conviction que nous venons au monde en état de pureté, une pureté qui n'a d'autre destinée que celle d'être corrompue par la fréquentation de nos semblables. C'est pour pouvoir survivre parmi eux que nous nous compromettons sur la scène du théâtre de la vie. Nous y sommes souvent contraints de jouer sans cesse, de jouer à quelque chose ou de se jouer de quelque chose. Il nous arrive même de nous jouer de tout et quelquefois de tous pour fuir l'insupportable.

Pour Odette, l'insupportable était de se voir vieillir ailleurs que dans l'ivresse de ses illusions. Alors, elle inclinait à ajouter du piment à la fadeur grandissante de sa vie de peur de la voir devenir insipide. Elle en ajoutait d'autant plus qu'elle savait que les conventions hivernales imposées aux gens du troisième âge confinent au désespoir.

La plupart du temps, c'est notre absence de passion, c'est notre inertie qui créent le vide autour de nous. Pour elle ce fut l'inverse ; c'est sa passion sans retenue qui fit peur à tout le monde. Pendant longtemps, cette femme méconnut la vérité du temps ; elle la méconnut aussi longtemps qu'elle put satisfaire ses désirs immédiats et vivre dans la permanence de l'éphémère.

Passé un certain âge, nous savons trop où nous allons, pourtant le monde est resté aussi passionnant qu'avant mais il manque comme une sorte de résonance ; même nos propres paroles ne trouvent plus d'écho.

Jeune, la vie est infiniment riche de sens et de promesses. Plus tard, lorsqu'il n'y a plus d'horizon d'attente, lorsque la mort n'est plus une image métaphorique mais une réalité désespérée, enfin lorsque nous nous retrouvons dans un univers rétréci à la mesure de notre bref avenir, toutes les vibrations s'éteignent.

Certains prétendent, surtout les plus résignés, que la vieillesse nous affranchit de la tyrannie des passions. D'autres disent même trouver un certain plaisir à savoir s'en passer en devenant le jardinier de la fleur de l'âge ou le pêcheur partout ailleurs que devant l'éternel. Pour ma part, et sauf à prendre le risque de mourir d'ennui avant l'heure, je préfère me tenir à l'écart de cette belle sagesse tant elle me paraît être au-dessus de mes moyens.

Plus le temps passe, plus l'absente est présente dans ma tête et pesante dans mes gènes. Chaque jour, je prends conscience du poids de l'héritage dont il me faudra gérer les conséquences, celles d'une hérédité qui ne me ravit pas mais qu'il m'est impossible de refuser même sous bénéfice d'inventaire. “Les chiens ne font pas des chats” déclare sans ambages le dicton populaire. Pour la mère et le fils, c'est au fil des pages que j'écris et des instants qui me parlent d'elle que cette affirmation fait la preuve éclatante de sa véracité, ou plutôt de sa fatalité.

Depuis que cette femme n'est plus de ce monde, je sens grandir en moi notre similitude, une indéniable identité que je m'apprête à vivre comme un handicap dans le devenir de mes relations humaines. Pourtant, la volonté que j'ai de ne pas ressembler à celle que j'ai le plus aimée au monde n'a d'égale que ma capacité à comprendre et à ressentir intensément ce qu'elle a vécu durant les dernières années de son existence. Pour cela, je pars du principe, voire du postulat, qu'il n'y a pas de vieillard heureux, il n'y a que des vieillards qui font semblant de l'être. Pour Odette, le bonheur est une des rares choses qu'elle ne parvint jamais à simuler ou à dissimuler.

Bien mieux qu'un autre, je comprends que lorsqu'on sent fuir la vie, on ne peut pas toujours prendre du plaisir à se laisser enfermer dans des clichés jaunissants ou accepter d'être réduit à des pots de confiture sagement rangés sur les étagères d'une convoitise devenue surannée au regard de nos petits-enfants.

Afin d'échapper à l'inexorable de la condition hivernale, je vais tout faire pour que n'arrive jamais le temps de la résignation. J'ai de plus en plus l'intime conviction, sans en avoir la réelle certitude, qu'elle irait de paire avec la fin de ma vie. Je sais trop maintenant que si j'étais pour toujours privé d'opportunités sentimentales, si j'avais l'impression de n'être plus aimé, de n'être plus compris, si j'étais conscient que l'on ne s'adresse à moi que par pure politesse, que mes vices sont désormais déclarés hors-la-loi par les médecins et par les moralistes, que je commence à vivre comme si je n'étais déjà plus, enfin que le temps est venu où tout ce qui est heureux me renvoie à la douloureuse mémoire de mes défunts plaisirs, alors, après avoir été l'homme des grands enthousiasmes, je deviendrais très vite celui des petits bémols, de ceux qui adoucissent la musique d'antichambre qui précède le choix du dernier silence.

Comme il m'est difficile de ne pas lui ressembler !

Je viens de faire encadrer une photo d'Elle.

Elle trouve désormais sa place sur la commode de ma chambre.

Elle est venue remplacer les portraits de femmes qui se sont attardés sur ce même coin de meuble avec plus ou moins de bonheur et de longévité.

Cette image en noir et blanc, installée dans la rémanence de mes anciennes certitudes, devient d'un seul coup la quintessence de ce qu'elles ont été. De plus, et à l'inverse des autres, celle-ci n'est pas et ne sera jamais révisable à mes yeux ou contestable à mon cœur.

En ayant eu la tentation de faire ce geste, et surtout en le faisant, j'ai eu comme le sentiment que la mort de ma mère me poussait à entrer lentement mais irrémédiablement dans un monde suranné, un monde où désormais les souvenirs s'amoncelleront sur les vieux meubles du salon ou s'enfermeront à jamais dans la mémoire de l'impartageable.

C'est afin de pouvoir quand même partager le souvenir qu'elle m'a laissé, tout en caressant l'espoir que des mères de là-bas ou d'ailleurs pourront peut-être se reconnaître en elle, que je n'ai pas pu résister à l'envie de raconter l'histoire de cette femme chassée d'un rivage perdu de la Méditerranée, une femme qui ressemble à toutes les autres femmes ; je parle bien sûr de celles qui sont irremplaçables dans le cœur de leurs enfants.

Jusqu'à mon dernier jour, je penserai à cette fille du Sud, pleine de vitalité et de passion, cette femme qui n'a jamais été vieille mais qui n'a pas survécu au jour où elle prit conscience de l'être devenue.

Après qu'auront disparu ceux qui l'ont aimée, ce livre restera l'ultime témoignage de son existence. Ce livre que je lui devais. Ce livre que j'aurais pu appeler, si le grand Albert Cohen ne l'avait déjà fait : *Le livre de ma mère.*

Achevé d'imprimer en avril 2005
sur les presses de l'imprimerie Jouve,
pour le compte de Elytis.

Dépôt légal avril 2005

passions. D'autres disent même trouver un certain plaisir à savoir s'en passer en devenant le jardinier de la fleur de l'âge ou le pêcheur partout ailleurs que devant l'éternel. Pour ma part, et sauf à prendre le risque de mourir d'ennui avant l'heure, je préfère me tenir à l'écart de cette belle sagesse tant elle me paraît être au-dessus de mes moyens.

Plus le temps passe, plus l'absente est présente dans ma tête et pesante dans mes gènes. Chaque jour, je prends conscience du poids de l'héritage dont il me faudra gérer les conséquences, celles d'une hérédité qui ne me ravit pas mais qu'il m'est impossible de refuser même sous bénéfice d'inventaire. “Les chiens ne font pas des chats” déclare sans ambages le dicton populaire. Pour la mère et le fils, c'est au fil des pages que j'écris et des instants qui me parlent d'elle que cette affirmation fait la preuve éclatante de sa véracité, ou plutôt de sa fatalité.

Depuis que cette femme n'est plus de ce monde, je sens grandir en moi notre similitude, une indéniable identité que je m'apprête à vivre comme un handicap dans le devenir de mes relations humaines. Pourtant, la volonté que j'ai de ne pas ressembler à celle que j'ai le plus aimée au monde n'a d'égale que ma capacité à comprendre et à ressentir intensément ce qu'elle a vécu durant les dernières années de son existence. Pour cela, je pars du principe, voire du postulat, qu'il n'y a pas de vieillard heureux, il n'y a que des vieillards qui font semblant de l'être. Pour Odette, le bonheur est une des rares choses qu'elle ne parvint jamais à simuler ou à dissimuler.

Bien mieux qu'un autre, je comprends que lorsqu'on sent fuir la vie, on ne peut pas toujours prendre du plaisir à se laisser enfermer dans des clichés jaunissants ou accepter d'être réduit à des pots de confiture sagement rangés sur les étagères d'une convoitise devenue surannée au regard de nos petits-enfants.

Afin d'échapper à l'inexorable de la condition hivernale, je vais tout faire pour que n'arrive jamais le temps de la résignation. J'ai de plus en plus l'intime conviction, sans en avoir la réelle certitude, qu'elle irait de paire avec la fin de ma vie. Je sais trop maintenant que si j'étais pour toujours privé d'opportunités sentimentales, si j'avais l'impression de n'être plus aimé, de n'être plus compris, si j'étais conscient que l'on ne s'adresse à moi que par pure politesse, que mes vices sont désormais déclarés hors-la-loi par les médecins et par les moralistes, que je commence à vivre comme